Eaux troubles au manoir de tante Aglaé

Ena Fitzbel

© **Tous droits réservés Ena Fitzbel**
ISBN : 9798866073191
Dépôt légal : décembre 2023

Avertissement :

Ce roman est une œuvre de pure fiction. En conséquence, toute ressemblance, ou similitude avec des personnages, des organisations et des faits existants ou ayant existé, ne saurait être que coïncidence fortuite.

Dernier détail : l'auteure vous recommande de lire **Le curieux manoir de tante Aglaé** (chez J'ai Lu éditions), puis **Bal fatal au manoir de tante Aglaé**, **Jeu macabre au manoir de tante Aglaé** et **Sort funeste au manoir de tante Aglaé**, utiles à la compréhension de ce tome.

ENA FITZBEL

Chapitre 1

Mardi 10 novembre.
Villa Les Ibis, Foisic (quelque part en Bretagne, entre Quimper et Vannes)
Météo exceptionnellement clémente pour la saison, il fait un beau soleil, mais quel vent !
Ah, je vous jure, distribuer le courrier par un temps pareil, ce n'est pas une sinécure !

> *Quand on partait de bon matin*
> *Quand on partait sur les chemins*
> *À bicyclette*[1]*…*

Depuis ce matin, je ne peux m'ôter cette chanson de la tête. Elle illustre parfaitement les sentiments d'exaltation et de puissance que j'éprouve à sillonner le village, ainsi montée sur mon tout nouveau vélo électrique.

Jusqu'à présent, j'effectuais ma tournée de factrice à pied, poussant d'une part mon chariot de postier, tenant de l'autre mon chien Rimbaud par la laisse. Une pratique qui se révèle archaïque et pénible lorsqu'il s'agit de gravir la gigantesque falaise crayeuse au nord et de desservir le seul zigoto qui y habite.

J'exagère sans doute la difficulté de la tâche, dans la mesure où le zigoto en question – Alban Landrec, pour ne pas le nommer – est mon fiancé. Il me suffirait de lui remettre son courrier en main propre. Encore faudrait-il que nous nous voyions souvent. Professeur des écoles très investi dans sa mission pédagogique, il a toujours des tonnes de copies à corriger ou des leçons à préparer.

Mais bon sang ! Sa classe ne compte qu'une vingtaine d'élèves. Certes, ils se répartissent sur des niveaux allant du CP au CM2, ce qui ne lui facilite pas le travail. Et tous ne sont pas aussi sages que son neveu Corentin – je pense tout particulièrement aux infernaux jumeaux Guillerm, experts en farces et attrapes. Cependant, ses horaires lui laissent du temps libre.

---

[1] Début de la chanson *La Bicyclette* d'Yves Montand.

Et que l'on ne s'avise pas de justifier ses manquements par son syndrome d'Asperger. Ce n'est pas une excuse universelle. Franchement, si quinze jours plus tôt il ne m'avait pas offert ce splendide solitaire qui orne mon annulaire gauche, j'en viendrais à me poser des questions. Les « Ze t'aime, mon petit gouigoui », qu'il m'écrit chaque matin réussissent tout juste à me rassurer.

Pour en revenir à mon vélo électrique, il est ce qui se rapprocherait le plus du balai magique de la fée Carabosse ou du tapis volant d'Aladin. Rapide et maniable, il m'emmène partout sans que j'aie à perdre une seule goutte de sueur. Faisant fi des caprices de la météo, j'installe mon adorable teckel marron et feu à poil ras dans un panier à l'avant, accroche mes sacoches de postier à l'arrière, et roule de maison en maison et de porte en porte. Christine Morvan, mon intraitable patronne, n'en croyait pas ses yeux quand, hier, j'achevais ma tournée une heure plus tôt.

— Quel talent ! s'est-elle exclamée. Je ne m'étais pas trompée sur votre compte, Jade. Vous êtes la personne toute désignée pour occuper ce poste.

Là-dessus, elle m'a tendu un contrat à durée indéterminée – en remplacement du précédent qui expirerait dans moins de six mois. Je me suis fait un plaisir de le signer.

Mes parents – mon paternel tout particulièrement – se seraient étranglés d'indignation en me voyant. Ils nourrissent tant d'ambitions pour moi. Ma mère a toujours déploré que je ne marche pas dans les traces de ma sœur aînée Opale, décoratrice d'intérieur et antiquaire dans le quartier du Marais à Paris. En opposition diamétrale, mon père aurait aimé que je devienne ingénieure, à l'instar de mon frère Béryl. Je ne l'ai exaucé qu'à moitié, car si j'ai effectivement usé mes jeans sur les bancs d'une école d'ingénieurs en génie mécanique à Lyon, puis sur ceux de l'université de Sheffield en Angleterre dans le cadre d'un bachelor en astrophysique, je n'ai décroché aucun diplôme. Et pour cause !

La crise de la Covid-19 a perturbé le bon déroulement de mes études. Je n'aurais jamais cru que la fermeture de mon université me déstabiliserait autant. Au tout début, c'était si amusant de rester confinée dans le grand appartement que je partageais avec cinq autres jeunes de mon âge. On se marrait bien. Mais très vite, je me suis engagée sur une mauvaise pente qu'il me serait difficile de remonter. Je jouais jusqu'à très tard dans la nuit, je ne me levais plus le matin, j'avais un mal fou à suivre les cours dispensés en vidéo. Quant à régler un télescope à distance depuis mon ordinateur portable, c'était mission impossible. J'ai fini par tout abandonner et suis rentrée en France.

Après quoi, une déprime carabinée m'est tombée sur le paletot. Pendant près d'un an, j'ai alterné les petits boulots et les longs séjours sur le canapé de mes parents. J'y serais encore si ma grand-tante Aglaé ne m'avait pas désignée comme son unique héritière. Son legs m'a conduite ici à Foisic, où en plus de devenir immensément riche j'ai reçu Les Ibis, un manoir regorgeant de secrets. Je m'y suis construit une vie bien à moi avec un métier, des amis, un fiancé… et un tout nouveau vélo électrique.

Forte de l'assurance que me procure ce dernier, je décide aujourd'hui de pousser la promenade jusqu'à la gentilhommière d'Alban. Pas seulement parce que trois lettres lui sont destinées – très probablement des factures. Je pourrais les déposer à l'école primaire située juste en face de chez moi, mais j'ai envie de prendre un peu de hauteur et de respirer à pleins poumons l'air vivifiant du large.

Une fois arrivée au sommet de la falaise, je me retrouve sur la route plate et droite qui fend la lande roussie par l'automne. À son bout m'apparaît un bosquet d'arbres parés d'une palette chatoyante de bruns, de rouges, d'oranges et de jaunes. Je ne peux réprimer un frisson d'horreur à la vue de la tour crénelée qui en dépasse. Trois mois plus tôt, j'y étais piégée et affrontais un meurtrier résolu à me trouer la peau. Ma vie ne tenait qu'à un fil. Je n'en ai réchappé qu'au prix fort, puisque mon sauvetage s'est soldé par la mort de mon agresseur. C'était de la légitime défense, soit, mais ce triste épisode pèse encore lourdement sur ma conscience.

Que de sombres souvenirs attachés à ce lieu ! Il ne faudra pas s'étonner que je rechigne à mettre les pieds ici. À bien y réfléchir, je comprends mieux pourquoi ma relation avec Alban bat de l'aile. Comme dirait ma mère – psychologue de formation et donneuse de conseils à la petite semaine –, je devrais lui rendre visite plus souvent et cesser de jouer les Pénélope.

Ces digressions, ainsi que l'assistance électrique de ma bicyclette, me conduisent sans effort aux grilles du domaine tant redouté. Le portail en fer forgé étant fermé – et c'est tant mieux ! –, je m'apprête à déposer les trois lettres dans la fente prévue à cet effet quand l'une d'elles attire mon attention. Christine Morvan ayant tenu à préparer les sacoches de courrier ce matin, je ne la découvre que maintenant. Elle n'est guère différente des deux autres, à cela près que le corps de l'adresse est manuscrit plutôt que dactylographié.

Cette écriture déliée et symétrique m'est si familière que, machinalement, je retourne l'enveloppe et constate l'évidence. Franck Beaumont résidant à Paris dans le 16e arrondissement en est l'expéditeur.

— Tu te rends compte, Rimbaud ? m'écrié-je par-dessus les sifflements du vent. Mon père écrit à Alban. Je me demande bien pourquoi.

Je lui tends la lettre qu'il renifle. En le voyant envoyer un coup de langue dessus, je me remémore les accusations qui me visaient à mes débuts comme factrice. Les gens s'imaginaient que je n'éprouverais aucun scrupule à ouvrir leur courrier en catimini et que mon chien lécherait les enveloppes pour les refermer. Quelle drôle d'idée ! Et pourtant, en cet instant précis, elle me paraît séduisante.

Non sans une pointe de remords, je m'attelle à décacheter la lettre et en retire un carton d'invitation. Mon père n'a pas lésiné sur les moyens. Sur un papier gaufré orné d'arabesques dorées, il convie Alban à dîner. Mince alors ! Il souhaite rencontrer mon fiancé. Qui aurait cru qu'il s'intéresserait à ma personne autrement que pour me traiter de canard sans tête ?

Mais ce n'est pas tout, la réunion se déroulera samedi soir prochain… aux Ibis. Zut et re-zut ! Mes parents ne vont pas tarder à débarquer chez moi. Fatalement, ils s'immisceront dans ma vie privée. Pourquoi ma mère ne m'a-t-elle pas prévenue ? Ensemble, nous avons vécu des aventures périlleuses, affronté des meurtriers. Je pensais que ces épreuves nous avaient rapprochées. Me serais-je trompée ? Elle était pourtant en pleurs quand nous nous sommes quittées jeudi dernier. Moi-même, j'ai ressenti l'awumbuk, ce sentiment de vide que laisse le départ d'un invité et à qui le peuple Baining de Papouasie-Nouvelle-Guinée a donné son nom. Je tente de la contacter, mais elle ne décroche pas. Plutôt que de me répandre en récriminations sur son répondeur – je ne suis pas une sauvage, tout de même –, je rédige un gentil message pour lui réclamer des explications.

Un brin sonnée, je dépose la carte dans la boîte aux lettres d'Alban et rebrousse chemin jusqu'à rejoindre la route en lacets qui mène au village. À ma droite, la falaise tombe à pic dans une mer turquoise. La descendre avec le vent dans le dos se révèle grisant et me déconnecte de mes préoccupations. Je me plais ainsi à admirer le paysage, escortée par une ribambelle de mouettes. Toutes ailes déployées, elles planent dans l'azur du ciel sans paraître perturbées par les rafales. Au loin, la mer en camaïeu de bleu agite ses lames d'écume. Voilà un panorama pour le moins enchanteur !

Virage après virage, Foisic se dévoile, minuscule écrin de maisons hétéroclites accolées à la baie. Les plus colorées – jaune citron, rouge grenadine, rose framboise, vert menthe ou violet aubergine – longent une plage de sable blanc qui s'étend depuis la falaise jusqu'au port plus au sud. Vient ensuite une presqu'île où se dresse un phare éventré.

De temps à autre, j'aperçois le toit des Ibis, mon manoir remis à neuf par les frères Prigent – peintres de père en fils depuis six générations. Et puisqu'il est question d'eux, je me verrais bien leur rendre une petite visite. Non qu'ils m'aient manqué depuis la dernière fois où ils ont déboulé chez moi – ils ont une fâcheuse tendance à piller mes réserves de nourriture. Mais le besoin de me défouler se fait pressant. Quoi de mieux qu'une bonne séance de fitness pour évacuer le stress ? Or il s'avère que ces deux zozos ès barbouilles ont récemment ouvert une salle de sport. Et si j'allais la tester !

ENA FITZBEL

Chapitre 2

Mes projets d'exercice physique attendront cependant que je finisse ma tournée. Pour cela, il me faudra récupérer ma dernière sacoche au bureau de poste. En chemin, je croise de nombreux villageois. Je ne m'explique pas pourquoi la plupart d'entre eux se baladent avec une bouteille d'eau minérale sous le bras. Cette étrange manie s'est installée à Foisic voici quelques jours. Les risques de déshydratation sont pourtant minimes en cette saison. Mystère et boule de gomme !

Comme de coutume, je me montre accorte avec mes concitoyens et les salue. Même s'ils entretiennent toujours un peu de méfiance à mon endroit, ils ne la manifestent pas. Sourires, hochements de tête et petits signes de la main me répondent. Si l'on exclut les vieilles dames en tenue de Bigoudène – longue robe noire, tablier de dentelle immaculé et coiffe blanche cylindrique d'une hauteur impressionnante qui, allez savoir comment, défie les rafales –, ils ne sont guère différents des habitants des grandes villes. Ce sont des gens pour la plupart sympathiques, que je me targue d'avoir amadoués.

Même la mère Dubois – ma plus farouche opposante – semble m'avoir adoptée. J'en ai obtenu la preuve samedi dernier alors que je patientais à la halle, dans la file de mon traiteur favori. L'une de ses copines placées devant moi médisait de mon chien – un grand classique qui ne m'atteint plus. Filomena Dubois a aussitôt pris ma défense en ces termes :

— La gosse, elle est pas très bretonne, mais elle est fréquentable quand elle l'ouvre pas.

Je n'en revenais pas. Pour un peu, ma mâchoire se serait décrochée. Il faut dire que cette dame me doit une fière chandelle pour l'avoir débarrassée d'un voisin un peu trop bruyant. C'est une histoire que je préfère oublier au plus vite…

Mes roues me conduisent dans la rue Brise-Lames, une artère commerçante qui traverse Foisic d'est en ouest et descend vers le front de mer. En quelques coups de pédale seulement, je gagne le bureau de poste. Il est plutôt unique en son genre. Sans ce panneau jaune ovale orné d'un oiseau bleu et accroché à la devanture, on croirait entrer dans une droguerie. Articles de cadeaux, confiseries, accessoires de plage, journaux, nécessaires de toilette, petit outillage et bien d'autres choses encore s'y entassent pêle-mêle. Si ce n'est que la quincaillerie située sur le trottoir d'en face vend peu ou prou les mêmes marchandises. Cette concurrence jugée déloyale par les tenanciers de ladite boutique – Albert et Sylvie Landrec, les oncle et tante d'Alban – est d'ailleurs un sujet de friction entre Christine Morvan et eux.

Ayant franchi le seuil du bureau de poste, mon vélo électrique, Rimbaud et moi pénétrons dans l'incroyable bric-à-brac de produits hétéroclites. Le premier obstacle à me barrer le passage est ce présentoir rotatif contenant des cartes postales pittoresques de la Bretagne. Le fait qu'aucune photographie de Foisic n'y figure ne me surprend plus.

Pour m'être frottée plus que souhaité aux membres de la société secrète locale, je sais à quel point l'anonymat du village leur importe. Depuis plusieurs générations, les Crânes fendus – c'est ainsi qu'ils se nomment – s'obstinent à cacher son existence grâce à de nombreux subterfuges. Car personne ne doit s'intéresser au réseau de galeries qui courent sous terre. D'aucuns en viendraient à comprendre qu'il a été creusé par des smoggleurs anglais, contemporains de Louis XV, dans le but d'entreposer leur butin de contrebande. Au grand jamais ils ne doivent découvrir que certains habitants s'en sont déjà emparés. Ma grand-tante Aglaé était l'un de ces petits veinards. En me reconnaissant pour son héritière, elle m'a inexorablement liée aux préoccupations des Crânes fendus. Je le regrette, mais ne pourrai rien y changer. Moi non plus, je n'ai pas envie que l'on s'intéresse de trop près à mes finances ni à la grotte au galion reliée à mon manoir…

Je n'ai pas avancé de deux pas dans le bureau de poste que des éclats de voix – une grave et une aiguë – me parviennent. Ça ne parle pas, ça crie ! Ma patronne et son client ont l'air sacrément remontés l'un contre l'autre. C'est à qui braillera le plus fort. Ils finiront aphones s'ils ne se calment pas. Autant ne pas les irriter davantage. Aussi abandonné-je mon vélo contre une étagère.

J'attrape ma sacoche vide, prends mon teckel au creux d'un bras et file en douce vers l'arrière-boutique où m'attend ma dernière cargaison de courrier. Pour l'atteindre, je suis hélas obligée de passer devant une guérite aux cloisons transparentes. S'y niche le comptoir postal derrière lequel Christine Morvan vocifère. À peine m'a-t-elle aperçue qu'elle se tait, libérant l'espace sonore au profit de l'armoire à glace en face d'elle – un homme et non un meuble, je tiens à le préciser. Lequel type se lance dans une diatribe véhémente contre les services publics.

Mâchoires crispées et yeux bleus flamboyant de colère au travers de ses lunettes rondes à monture en métal, ma patronne me fait signe de déguerpir. À la manière dont Rimbaud couine, la queue basse, je devine qu'elle l'a effrayée. Force est de constater qu'elle est terrifiante avec sa choucroute de cheveux blancs frisottés ; on dirait une Furie dont l'âge n'excéderait pas celui de ma mère. Ajoutons au tableau qu'elle est membre des Crânes fendus, et on comprendra pourquoi l'adolescente rebelle qui sommeille en moi se dispense de répliquer.

Avant de disparaître dans la pièce sans fenêtre attenante, je jette un coup d'œil sur l'armoire à glace. Se peint sur ma rétine l'image d'un grand gaillard d'une quarantaine d'années et de jean vêtu. Tout en impose chez lui : ses bras de déménageur, ses jambes comme des troncs d'arbres, son cou de taureau, ses poings furieux. Les longs cheveux gris filasseux qui pendent de chaque côté de ses grosses joues poilues accentuent encore l'impression de puissance.

— Une honte, c'est une honte ! continue-t-il de beugler, tandis que je m'éclipse entre deux étagères ployant sous le poids de paquets de toutes tailles. Je veillerai personnellement à ce que vous soyez renvoyée. Croyez-moi ou non, je tiens toujours mes promesses.

Troublée par la violence de ses propos, je m'immobilise au fond de l'arrière-boutique, devant un large établi. Rimbaud ne cesse de trembler. Aurait-il saisi de quoi il retourne ? Si cet homme mettait ses menaces à exécution, l'équilibre de mon charmant microcosme en pâtirait. Le bureau de poste fermerait, et je n'aurais plus qu'à me chercher un nouvel emploi. Non que l'argent tende à manquer dans mon escarcelle, mais l'oisiveté me plomberait le moral.

Loin de se sentir intimidée, ma patronne tient tête au râleur.

— C'est ça, ne vous gênez pas, rétorque-t-elle d'un ton bravache. De mon côté, je porterai plainte pour outrage à agent. Votre conduite ne restera pas impunie.

— La vôtre non plus ! Vous ferez bientôt moins la fière, c'est moi qui vous le dis. J'écrirai au préfet, au Président de la République s'il le faut, et tout le monde saura que votre bureau de poste est le pire de tous…

Des bruits de pas rageurs s'ensuivent, une porte claque, puis plus rien. Le silence tombe dans l'arrière-boutique.

— Quel con ! lâche Christine Morvan qui me rejoint sur ces entrefaites.

— Qui est-ce ? lui demandé-je, récupérant ma dernière sacoche de courrier sur l'établi.

— Vous ne l'avez pas reconnu ? On ne peut pourtant pas l'oublier, celui-là.

— Eh bien, non ! J'ignore tout de ce monsieur.

Levant les yeux au ciel d'exaspération, la postière sort une main des poches de sa blouse jaune et gris pour pointer du doigt le réduit qui sert de cuisine et de salle de repos.

— J'aurais bien besoin d'un café, observe-t-elle. Pourquoi ne m'en apporteriez-vous pas un ?

— Mais je... il... la..., balbutié-je, désignant du regard teckel et sacoche qui encombrent mes bras.

— Donnez-le-moi.

Elle empoigne Rimbaud à bras-le-corps et le dépose dans le panier qu'elle lui avait confectionné deux semaines plus tôt avec un vieux carton et des sacs postaux en toile de jute. Le pauvre chou ne moufte pas et accepte son sort. Je pourrais battre en retraite et aller préparer du café séance tenante. La curiosité me pousse à braver la colère de ma patronne.

— Qui est ce monsieur ? Il habite ici ? insisté-je.

— Bien évidemment qu'il habite ici ! s'agace Christine Morvan. C'est le nouveau voisin de Filomena Dubois : Stéphane Guézennec. Il a emménagé mardi dernier dans la maison de l'ancien vétérinaire.

— Je n'en ai jamais entendu parler.

— Cela ne m'étonne guère. Comme tous les jeunes de votre âge, vous vous regardez le nombril sur Instagram et TikTok à longueur de journée. Vous arrive-t-il seulement de vous intéresser aux autres ?

— Mais enfin, je ne fréquente pas ces plateformes, m'offusqué-je, plus qu'indignée.

J'ai arrêté de traîner sur les réseaux sociaux pendant la crise de la Covid-19. Toutes mes relations n'ont pas été autant affectées que moi par cette période d'instabilité. En plus de terminer leurs études, mes anciennes connaissances multipliaient les voyages, accumulaient les expériences passionnantes, collectionnaient les amis, là où je me débattais dans les difficultés. Les voir étaler leur réussite sur la toile me déprimait, je devais cesser de me torturer. Aussi ai-je procédé à une fermeture drastique de mes comptes.

— Si vous le dites ! soupire ma patronne.

— Et donc ? Pour ce M. Guézennec ? Que voulait-il exactement ?

— Toujours la même chose : enquiquiner son monde. Il porte bien son nom, du reste.

Je vous parie qu'elle va se faire un plaisir de m'expliquer pourquoi.

— Sachez pour votre gouverne, Jade, que Guézennec est un patronyme issu du vieux breton qui signifie combat, développe-t-elle, après un silence pendant lequel je l'ai dévisagée avec des airs de demeurée. En somme, cela désigne un homme qui aime se quereller.

Gagné !

— Merci pour le renseignement, la remercié-je benoîtement.

— Vous vous coucherez moins bête ce soir. Je disais donc que Guézennec était une usine à disputes. Depuis hier, il est bien venu quatre fois pour se plaindre de ne pas recevoir de lettres. Il s'imagine qu'on tente de le chasser du village. N'importe quoi ! J'ai beau lui expliquer qu'il n'obtiendra pas la réexpédition de son courrier à sa nouvelle adresse tant qu'il n'aura pas effectué une requête en ligne, cet entêté refuse de l'entendre. S'il ne sait pas se servir d'un ordinateur, je ne peux rien pour lui… Mais dites-moi, Jade, vous dormez ? Et mon café dans tout ça ?

— Je m'en occupe, capitulé-je, après avoir déposé ma sacoche pleine au pied de l'établi. Rimbaud, tu viens ?

Trop content de se soustraire à l'autorité de la postière, mon chien jappe en guise d'approbation, s'étire dans une posture de prière. En même temps que je tourne les talons, il bondit hors de son panier, puis trottine à ma suite jusque dans la kitchenette.

Le vieux percolateur se montrant souvent capricieux, je le manipule avec une extrême précaution, des fois qu'il s'avise de cracher des jets de mélasse brunâtre sur mes vêtements. Le ronflement qu'il émet durant la période de chauffage n'est guère rassurant. Méfiant, Rimbaud s'est aplati comme une crêpe le sol, ses longues oreilles en berne. Le bruit s'enfle encore quand j'appuie sur le bouton et que le café se met à couler. Quel raffut ! Une fois la tasse pleine, j'arrête la machine. Enfin, du silence ! En réalité, il n'est pas total. Depuis l'arrière-boutique s'élève une voix caverneuse.

— La situation ne doit pas s'éterniser, s'alarme son propriétaire. Notre tranquillité en dépend.

— Tu as raison. Nous ne pouvons pas rester les bras croisés, approuve Christine Morvan. Mais que faire ?

La réponse ne fuse pas immédiatement. Se seraient-ils aperçus que je les écoutais ? Je n'ai pourtant fait aucun bruit. Bien que Rimbaud se soit redressé sur ses quatre pattes, il est tout aussi discret. Je hasarde un coup d'œil dans la pièce adjacente. La postière me tourne le dos. Quant à son interlocuteur, il n'accorde aucune attention à ma tête, que j'ai tout juste glissée dans l'encadrement de la porte. Grand et sec comme un échalas, le crâne chauve et les yeux bleus globuleux, il est trop occupé à fixer ma patronne d'un air renfrogné.

De quoi sont-ils en train de discuter ? Selon toute vraisemblance, Jacques – pharmacien au village et organiste d'église à ses heures perdues – est venu trouver la postière pour l'entretenir d'un sujet grave. Sachant qu'ils sont tous deux membres de la très secrète Société des Crânes fendus, je crains le pire lorsqu'ils parlent de ne pas rester les bras croisés.

— J'irai causer à Guézennec, et...

— Sortez de votre cachette, Jade, m'alpague ma patronne, coupant la parole à Jacques. Et apportez-nous deux cafés par la même occasion.

Chapitre 3

Il n'y a plus de doute à avoir, le pharmacien et ma patronne complotent contre le nouveau venu au village. Je n'aurais jamais dû écouter leur conversation. Il n'est jamais bon de s'ingérer dans les affaires des Crânes fendus. Mais qu'y puis-je si leurs voix portent ? Quelle guigne ! J'ai le chic de me trouver au mauvais endroit au mauvais moment.

Et d'abord, que comptent-ils lui faire, à ce pauvre Guézennec ? Privilégieront-ils les méthodes coercitives jadis en vigueur, du temps où la confrérie réglait ses problèmes à la schlague ? Certes, ce monsieur n'est guère sympathique, mais est-ce un crime ?

Je n'ai pas cherché à obtenir de réponses. Aussitôt après leur avoir apporté des cafés, j'ai détalé comme un lapin, emportant ma sacoche de courrier, Rimbaud et mon vélo électrique. Malgré quoi, je n'ai cessé de me triturer les méninges pendant la fin de ma tournée, puis lors de mon déjeuner aux Ibis.

Si la vie d'un homme est menacée, n'est-il pas de mon devoir d'en informer la police ? Et passer pour une moucharde ? Les Crânes fendus me le feraient payer au prix fort. En outre, je ne suis pas dans les meilleurs termes avec les agents des forces de l'ordre locales. Le brigadier-chef Paul Jégou me prend pour une catastrophe ambulante. Son neveu et adjoint Joseph Jégou s'est rangé à son opinion depuis qu'il a failli mourir enseveli dans une fosse. Figurez-vous qu'il m'en tient responsable.

Bref ! Mon dilemme n'est pas près de se résoudre. Je me rendrai donc à la salle de sport comme prévu et brûlerai des calories. Mes idées daigneront peut-être s'éclaircir. Rimbaud ne m'accompagnera pas. Je le laisserai jouer avec le robot aspirateur. Il adore se jucher à son sommet avec la mini-peluche teckel que lui a offerte Corentin. Ensemble, ils arpentent le rez-de-chaussée en tous sens jusqu'à ce que les batteries soient à plat et qu'il ne reste plus une poussière au sol. Mon anxiété de la matinée lui ayant déteint dessus, il ne semble pas disposé à demeurer au manoir. Il gémit sans relâche tandis que j'enfile ma tenue de fitness.

Je n'ai pas terminé de chausser mes baskets que, la laisse entre ses crocs, il me donne des petits coups de museau dans les tibias. En adoptant Rimbaud, je savais que les teckels excellaient dans le déterrage des blaireaux. J'étais loin de soupçonner qu'ils maîtrisaient aussi l'art de la persuasion. Ce regard suppliant qu'il me lance tout en dévoilant le blanc de ses globes oculaires est particulièrement efficace.

— C'est bon, tu peux venir avec moi, lui dis-je avec un soupir de résignation. Mais je te préviens, il faudra être sage.

— Whouaf ! accepte-t-il, toute queue frétillante.

L'établissement des frères Prigent se situe dans le quartier pavillonnaire, je décide de m'y rendre à pied puisque le soleil règne toujours en maître dans un ciel d'azur. Avec ma bouteille d'eau sous le bras, je vibre à l'unisson des passants que je croise sur ma route.

Même s'il y avait un brouillard à couper au couteau, je n'aurais aucun mal à trouver mon chemin. Portées par les ailes du vent, des basses sourdes rythment d'abord mes pas. Puis ce sont de vagues airs de chansons qui me guident jusqu'à une habitation bretonne de pierre tout en long avec un toit de chaume – une longère qu'Étienne et Lucien Prigent ont récemment rénovée. On y entre comme dans un moulin, aussi n'ai-je pas besoin de sonner. La porte m'est d'ailleurs ouverte par Anne Drésin, cheveux blonds attachés en queue-de-cheval, yeux fendus en amande d'un bleu très clair et visage rayonnant de bonheur. Elle s'apprêtait justement à sortir, mais s'immobilise en me voyant.

— Salut, Jade. Tiens, Rimbaud est avec toi, me dit-elle par-dessus les sons tonitruants d'une musique électro.

— Tu fréquentes toi aussi la salle ? m'étonné-je, dans la mesure où sa fonction de maire l'accapare énormément.

— C'est soit ça, soit je me défoule les nerfs sur mes conseillers, plaisante-t-elle. Il faut que je file, là. J'ai tous ces problèmes avec la source… On se voit samedi soir, n'est-ce pas ?

Je ne peux réprimer un haussement de sourcil. D'une part, son allusion à une source me plonge dans la perplexité. J'ignorais qu'il y en avait une à Foisic. De l'autre, je ne peux m'empêcher de penser au dîner que mon père organise en l'honneur de mes fiançailles. Anne serait-elle également invitée ? À moins que j'aie tout bonnement oublié de noter un événement important dans mon agenda, comme l'inauguration d'une statue ou une fête à la mairie.

— Le concert d'orgue à l'église, m'explique-t-elle, répondant à mon regard éberlué.

— En fait, ce sera difficile, je…

Elle ne me laisse pas le loisir d'achever, car déjà elle s'éloigne.

— Zut, je vais être en retard ! Pas grave pour le concert, on se verra autour d'un café à l'occasion, me lance-t-elle avant de disparaître au pas de course.

C'est la première fois que je pénètre dans la salle de sport des Prigent, aussi suis-je un peu surprise de devoir m'arrêter dans un vestibule tout en verre. On ne le dépasse qu'après avoir franchi un tourniquet. Or ce dernier s'avère bloqué. Et le comptoir d'accueil à ma droite est désespérément vide.

Par-delà les vitres s'alignent appareils de fitness et de musculation. Presque tous sont occupés. Je n'en reviens pas qu'il y ait autant de monde. Des dames de l'association de bienfaisance de Foisic, pédalant ou courant, les yeux rivés sur des écrans. Mais également des messieurs, en admiration devant leurs reflets dans les miroirs muraux, alors qu'ils soulèvent des haltères ou rament avec l'air de souffrir terriblement. La folie du corps parfait se serait-elle emparée de mes concitoyens ?

— C'est vous, Jade ? me hèle-t-on.

En même temps que Rimbaud couine de bonheur, je pivote vers la droite et aperçois Lucien, au garde-à-vous derrière le comptoir. Grand, maigre, les cheveux bruns hirsutes et les oreilles décollées, il paraît plus dégingandé dans son survêtement violet que dans un sarrau de peintre. Une moustache frisée lui a poussé au milieu du visage. Pour le coup, il fait plus âgé que ses vingt-six ans. Il fixe des yeux écarquillés sur Rimbaud. Aïe ! J'aurais dû deviner que la présence de mon compagnon à quatre pattes se révélerait problématique.

— Je suis venue faire une séance d'essai, déclaré-je avec une nonchalance étudiée.

— Avec le toutou ?

— Il a promis d'être bien sage, répliqué-je, y allant au culot.

— Ah ! Ben, je pense pas qu'on pourra l'autoriser à entrer. Les chiens, ça perd des poils, ça aboie et ça fait des saletés partout.

— Rimbaud est très propre, il sait même se servir d'un aspirateur. Et il n'aboiera jamais aussi fort que la musique.

— Pour l'aspirateur, je veux bien le croire. C'est qu'il est sacrément intelligent, le toutou. Et glouton, avec ça. Mais pour le reste… Attendez, j'appelle Étienne, m'annonce Lucien tout en pressant un bouton.

— C'est pour quoi ? lui répond une voix entrecoupée de grésillements.

— Y'a comme un souci à l'accueil. Jade a amené la saucisse sur pattes. Je sais pas quoi faire.

— Bouge pas, frérot, j'arrive.

L'instant d'après, la copie conforme de Lucien, de deux ans son aîné et habillé d'un survêtement orange, déboule dans la salle. Un chiffon dans une main, un flacon pulvérisateur de détergent dans l'autre, Étienne zigzague entre les machines de sport avant de rejoindre son cadet au comptoir. Lui aussi porte cette moustache qui rebique tant elle frise. Je ne voudrais pas être méchante langue, mais ce n'est pas du meilleur effet.

— Salut, Jade, vous vous êtes enfin décidée à venir vous inscrire, me dit-il.

— Elle est là pour la séance d'essai, le corrige Lucien.

— Vous verrez, vous finirez par vous abonner, poursuit son frère. On s'amuse bien chez nous…

— Et on obtient de beaux muscles…

— À seize heures, il y a de la zumba, animée par Maëlys…

— À dix-sept heures, c'est moi qui donne le cours de pilates ventre plat…

— Moi, j'enchaîne avec le stretching. Ça fait gagner quelques centimètres…

— Vous devriez y penser, Jade…

— Pour le toutou, en revanche…

— Oui, pour le toutou…

Se grattant la moustache de concert, les deux frères interrompent leur partie de ping-pong verbal pour se dévisager. Leur aparté muet me vaut d'écouter une flopée de lalala issus de la chanson *My Head And My Heart* d'Ava Max. Bon sang ! Ils n'ont tout de même pas l'intention de me renvoyer comme une malpropre, j'espère. Je suis sur le point de leur rappeler quelle hôtesse dévouée je suis, chaque fois qu'ils s'invitent à ma table et vident mes placards de nourriture. Étienne m'épargne cette corvée.

— Vous pouvez entrer, Jade. Le toutou, on va le mettre sur un tapis de course…

— Ça fera fondre son gras…

— Et vous, vous pourrez le surveiller depuis le tapis d'à-côté.

C'est ainsi que j'obtiens l'autorisation de franchir le tourniquet. Avant même que j'aie fait deux pas dans la salle, Lucien attrape la laisse de Rimbaud et l'emmène vers une machine libre. Je les aurais bien suivis, mais Étienne se propose de me faire visiter les installations. Tandis que nous déambulons dans la longère, depuis les vestiaires jusqu'à la pièce réservée aux cours collectifs, mon guide en profite pour donner des petits coups de chiffon de-ci de-là.

— On démarre tout juste dans le métier, mais notre club a déjà beaucoup de succès, m'explique-t-il avec fierté.

— Je vois ça. Et pour ce qui est de votre entreprise de peinture ?

— On l'a refilée à notre cousin de Quimper. Vous devez pas le connaître, il vient de s'installer à Foisic.

— Stéphane Guézennec ? avancé-je avec sagacité.

— Pas cet emmerdeur de première… Non, notre cousin, il s'appelle Henri… C'est un Prigent bien de chez nous. Il habite avec notre sœur, au-dessus du bar *La Jetée*. Mais faut qu'on lui trouve un autre endroit, parce qu'il dit qu'il peut pas dormir, à cause du raffut que font les consommateurs. Vous auriez pas une place pour lui au manoir ?

— En fait, non. Mon chien est plutôt bruyant dans son genre, esquivé-je. Pourquoi n'irait-il pas loger chez Armelle Le Magorec ? Elle loue des chambres dans sa grande maison.

— Chez elle, c'est trop cher. Et notre cousin est fauché, grince Étienne avant de changer de sujet. Je sais pas si vous avez remarqué, mais on reçoit du beau monde dans notre club. La maire, vous avez dû la croiser tout à l'heure. Le pharmacien, le médecin, les commerçants de la halle, et même la demoiselle Le Roy.

— Angadrem Le Roy… la tenancière du *Breton Dream* ?

— Ben oui ! Regardez, elle court à côté de votre toutou.

Je jette un coup d'œil alarmé dans la direction qu'il m'indique. Effectivement, on ne peut pas se tromper sur l'identité de la grande blonde à la droite de Rimbaud. Vêtue d'un short moulant et d'une brassière parme, elle exhibe sa silhouette parfaite à la vue de tous. Mon chien est bien le seul à ne pas lui prêter attention. La langue pendante et les pupilles dilatées, il trottine sur son tapis roulant dans le but illusoire d'attraper une barre chocolatée suspendue à un fil.

Mais revenons à la bimbo aux traits lisses et aux lèvres repulpées. Acide hyaluronique, bonjour ! Au passage, saluons le travail du salon de beauté qui lui a posé des extensions dans les cheveux. Avec de tels atouts physiques, je m'étonne qu'elle n'ait pas réussi à séduire Alban, qu'elle convoite depuis si longtemps. Mais je comprends très bien pourquoi elle me toise avec hostilité. Elle m'en veut terriblement de lui avoir soufflé son crush.

— Bon, ben, c'est à vous maintenant, me dit Étienne tout en me désignant du menton le tapis voisin d'Angadrem. Le toutou et vous ne serez pas tout à fait à côté, mais c'est tout comme, pas vrai ?

Et c'est ainsi que je me retrouve à piétiner misérablement à la droite d'une Angadrem Le Roy aux longues foulées. Ah, je vous jure, Rimbaud et moi faisons la paire !

Chapitre 4

Douze minutes et quarante-trois secondes se sont écoulées depuis que je suis montée sur ce maudit tapis roulant. C'est déjà bien assez ! Je décide donc d'arrêter le massacre. Il y a des moments dans la vie où il faut savoir reconnaître ses faiblesses. J'ai toujours été une tanche en sport, ce n'est pas près de changer. Pédaler sur un vélo électrique, passe encore. Mais courir à côté d'une bimbo à la taille mannequin ne m'aidera pas à surmonter mes complexes.

Avec mon mètre soixante-cinq, je me trouve quelconque. Ma tignasse brune en broussaille n'égalera jamais en beauté de longs cheveux blonds lissés. Quant à ces petits bourrelets mal placés, je les maudis.

Et pendant qu'Angadrem Le Roy continue de faire tourner son compteur de calories brûlées, je descends de ma machine et récupère Rimbaud. En plus d'être aussi essoufflé que moi, le pauvre chou semble déçu de ne pas avoir pu attraper la barre chocolatée qui pendait non loin de son museau.

L'instant qui suit, Lucien se matérialise devant nous.

— Donnez-moi votre toutou, Jade. Faudrait pas qu'il perde ses poils partout, argue-t-il, se baissant pour prendre l'intéressé dans ses bras. Tu pèses ton poids, mon gaillard, et tu as l'air assoiffé. Viens, je vais te faire boire de la bonne eau.

Sur ce, il emmène mon chien vers le comptoir de l'accueil. Ils y demeureront tout au long de ma séance d'essai. J'ai ainsi le champ libre et passe une trentaine de minutes sur des appareils tels que le rameur, le banc à abdominaux, l'abominable simulateur d'escalier qui vous met les jambes en compote, la presse à cuisses, le pec-deck…

Après une douche des plus relaxantes, je rejoins Rimbaud. Il me fait la fête. Lucien l'imite, à sa façon, car il me complimente pour mon courage.

— Bravo, Jade, vous avez tenu plus longtemps sur le stepper que notre maire. Vous pouvez être fière de vous.

— Merci. J'ai essayé de faire de mon mieux, répliqué-je, tandis que les haut-parleurs diffusent *Happy* de Pharrell Williams.

Je dois bien avouer que je suis aussi *heureuse* – sinon plus – que le chanteur. Mon sourire s'efface quand une sorte de beuglement s'élève à ma droite. Il provient du vestibule en verre, dans lequel deux hommes sont entrés. Boudiné dans son uniforme bleu marine de policier, un carnet de verbalisation à la main, le premier n'est autre que Joseph Jégou, vingt-sept ans. J'ai fait la connaissance du second pas plus tard que ce matin. Et je suis bien contente qu'une vitre et un tourniquet fermé nous séparent. Avec sa carrure de lutteur et sa longue chevelure grise emmêlée, Stéphane Guézennec est très intimidant.

— Qu'est-ce que je vous disais ? hurle-t-il à Joseph, qu'il dépasse de deux têtes. Ce sont eux, les fauteurs de trouble. Foutez-leur une amende, ils la méritent.

— Mais on fait rien de mal, se récrie Lucien.

— Vous êtes sourd ou quoi ? braille l'armoire à glace. Votre musique s'entend jusqu'à chez moi. C'est inadmissible.

— Troubles de voisinage, je vais être obligé de verbaliser, acquiesce Joseph.

— M'enfin, ça va pas la tête...

Le visage inquiet et pâlichon, Lucien se dépêche de baisser le volume sonore, soulevant au passage les protestations indignées de ses clients. On peut alors entendre mon chien, qui n'avait pas cessé d'aboyer suite à l'irruption des deux casse-bonbons.

— Faites taire ce clébard, rugit Guézennec qui braque un regard courroucé sur moi. Je ne supporte pas le bruit.

Les paupières plissées, il me scrute de ses petits yeux ronds et noirs de pingouin. Autant dire que je tremble dans mes baskets. Aussi m'empressé-je de prendre Rimbaud dans mes bras afin de le calmer.

— C'est donc vous, la maîtresse de ce sale basset, crache-t-il. Si je le revois uriner sur ma clôture, je déposerai un MK111 contre vous.

Quoique terrifiée par ses mauvaises manières, j'émets un rire de gorge – que je réprime aussitôt – à l'évocation du tant exécré formulaire jaune et bleu. En réalité, il s'agit du MC113, à renseigner par le plaignant en cas de sinistre et à rapporter au poste de police. Les querelles de voisinage iront dans la corbeille bleue. Les pertes d'objets dans la verte. Les arnaques sur Internet dans la violette. Les cambriolages dans la jaune. Et les autres types de nuisances dans la noire. Je crains fort que la majorité des imprimés garnissant cette dernière ne nous concernent, mon chien et moi.

— Un MC113, corrige Joseph, pointilleux.

— Oui, c'est ça ! Et autant vous dire que je ne peux plus en voir un seul en peinture, fulmine Stéphane Guézennec, avant de tourner les talons et de claquer la porte furieusement.

S'ensuit une vive discussion entre Lucien et le policier, au sujet de la fameuse contravention pour trouble à l'ordre public. Refusant d'en entendre davantage, je me carapate, entraînant Rimbaud dans mon sillage. Rappelons qu'il n'est jamais bon de s'immiscer dans les affaires d'autrui. Je pensais avoir enfin la paix lorsque des bruits de pas résonnent derrière moi.

— Hé, Jade, attendez-moi ! me hèle Joseph Jégou. Il faut qu'on parle tous les deux.

Je stoppe net en plein milieu du trottoir et pivote vers lui. Tirant sur sa laisse dans le but de l'atteindre, Rimbaud aboie comme un fou. Je ne saurais dire s'il manifeste sa joie de revoir le policier ou s'il se languit de planter ses crocs dans son pantalon. Toujours est-il que l'intéressé s'est lui aussi arrêté, demeurant à bonne distance de nous.

— Si c'est à cause d'une plainte déposée contre mon chien, envoyez-la-moi par la poste, rétorqué-je, sur la défensive.

Notez que nous nous vouvoyons. Je suis certes plus jeune que lui, mais d'un an seulement. J'ai dénoncé plus d'une fois l'absurdité de ce conformisme. Joseph n'a rien voulu savoir, prétextant que son travail de policier exigeait qu'on lui témoigne du respect.

— Ben non, hulule-t-il. C'est juste pour faire la causette.

— Je pensais que depuis votre séjour dans la fosse, vous n'en aviez plus trop envie, persiflé-je.

— Ce n'est pas ce que vous croyez, Jade. Et d'abord, je vous signale que vous étiez vous aussi au fond de ce trou.

— Je ne vois pas le rapport.

Haussant les épaules, je tente de me remettre en route. Une bourrasque me repousse en même temps que la laisse de Rimbaud m'échappe des mains.

— Votre clébard m'a à la bonne, ça fait plaisir, commente le policier qui s'est accroupi pour caresser mon compagnon à quatre pattes, recevant par la même occasion ses coups de langue sur le menton. Pouah ! Tu sens toujours aussi mauvais, mon brave. Arrête de me léchouiller, ou tu n'auras bientôt plus de salive.

Tandis que j'assiste à ces touchantes retrouvailles, je me creuse la cervelle pour trouver ce qui, dans la physionomie de Joseph, a changé. Tout paraît à sa place, et pourtant… Il lève ses yeux marron vers moi, et je l'aperçois, cette horrible moustache drue de la même couleur que ses cheveux blonds en brosse. Elle barre son visage rond. Et une de plus ! Y aurait-il une épidémie de bacchantes au village ?

— Elle vous impressionne, n'est-ce pas ? déclare Joseph avec fierté, tout en lissant l'objet de mon intérêt.

— Pas vraiment. Que souhaitiez-vous me dire ? Faites vite, je suis pressée. J'ai du travail qui m'attend au manoir.

— C'est à cause de Mme Guillerm, me répond-il après s'être redressé.

— Véronique ? Aurait-elle des problèmes ?

— Je préférerais éviter les oreilles indiscrètes. Suivez-moi, si vous le voulez bien. Je connais un itinéraire qui vous conduira chez vous et où nous pourrons discuter tranquillement.

Je me demande bien pourquoi il souhaite me parler de Véronique Guillerm. En plus d'être la trésorière de l'association de bienfaisance de Foisic, elle assure un service d'aide à domicile pour des personnes âgées. C'est une femme remarquable que je considère comme une amie. L'un de ses clients se serait-il plaint d'elle ? À moins que ce ne soient ses jumeaux survoltés qui aient causé du tort à quelqu'un. Très récemment, ils ont failli incendier un hôtel, c'est vous dire à quel point leur capacité de nuisance en fait des sujets de préoccupation pour leur pauvre mère qui les élève seule.

Piquée par la curiosité autant qu'animée par un mauvais pressentiment, j'accepte d'emboîter le pas à Joseph. Plutôt que de prendre la direction de mon manoir, il s'enfonce dans le quartier pavillonnaire. Nous longeons ainsi de charmantes maisons très différentes des Ibis. S'étageant sur deux à trois niveaux, ces demeures bâties en granit et coiffées de toits d'ardoises perpétuent l'héritage breton si cher à ses habitants. Quoique subissant les affres de l'automne, leurs jardins n'en sont pas moins resplendissants, puisque les dernières floraisons des rosiers et des hortensias marient leurs pimpantes couleurs à celles, plus chaudes, des arbres jaunissants.

— Tournons à droite, murmure soudain Joseph.

Tout aussi subitement, il s'engage dans un étroit sentier qui passe entre deux belles propriétés. J'ignorais son existence, preuve s'il en est que Foisic ne m'a pas révélé tous ses secrets. Si ce n'étaient les craquements des feuilles mortes sous nos pas et les bruissements du vent dans les haies touffues, il régnerait un silence absolu. Joseph a tôt fait de le rompre, tout en veillant toutefois à ne pas élever la voix.

— Donc, comme je vous le disais, c'est de Véronique que je souhaite vous parler. On sort ensemble, m'annonce-t-il abruptement.

— Je n'en savais rien.

— Oui, bon, pas la peine d'en faire tout un fromage, ma vieille. Motus et bouche cousue, personne ne doit l'apprendre. Je compte sur vous pour ne pas jouer les commères.

— Je peux me taire quand il le faut, protesté-je, vexée. Mes félicitations pour vous deux… mais peut-être devrais-je dire pour vous quatre.

— Justement, il est là, le problème.

Il s'arrête brusquement et feint d'admirer les grappes de baies noires qui pendent des haies délimitant le sentier.

— Saviez-vous que les fruits du sureau étaient comestibles ? pontifie-t-il. Ça vous en bouche un coin, pas vrai ?

— En fait, non. Mais ne nous dispersons pas. Vous parliez d'un problème, je vous écoute.

— Ma grand-mère en faisait des confitures. Elles les cuisaient aussi dans du vin. Leur saveur vanillée était incomparable.

— Crachez le morceau, Joseph, je n'ai pas toute la journée à vous consacrer, m'impatienté-je, me remettant en marche.

Je l'entends souffler bruyamment dans mon dos tandis qu'il me suit.

— Ses mioches sont infernaux, lâche-t-il, bougon. Que dois-je faire ? Leur donner des baffes ?

— Surtout pas !

— Ils m'ont foutu du poil à gratter dans la chemise. Vous vous rendez-compte ? Je… Ils…

Pensant qu'il s'étouffe, je jette un coup d'œil par-dessus mon épaule. Le visage rouge et les poings crispés, il paraît sur le point d'exploser.

— Cessez de vous biler. Ça leur passera, me hâté-je de lui conseiller.

Laissez-leur le temps de s'habituer à vous.

— Vous croyez ?

— C'est comme avec mon chien. Au début, il vous détestait. Vous vous en souvenez ?

— Plutôt bien. Et mon uniforme aussi, maugrée-t-il, venant à ma hauteur pour me désigner son pantalon.

— C'est du passé. Maintenant, il vous adore.

Comme pour me donner raison, Rimbaud se met à gambader autour de Joseph.

— Vous délirez, ma vieille. On ne peut tout de même pas comparer un clébard avec des gosses de six ans.

— Pourquoi pas ? Vous verrez, Arthur et Lucas finiront par vous adopter.

Je m'abstiens cependant de préciser qu'il devra auparavant supporter les fausses araignées dans le potage et les farces de plus ou moins mauvais goût.

Chapitre 5

Ma démonstration semble avoir rassuré mon récalcitrant compagnon ; il ne renchérit pas. Au même titre que notre conversation, notre traversée du sentier s'achève. Nous débouchons dans un champ de pierres, grosses et petites, dispersées en tous sens et balayées par les rafales. Certains blocs, d'une blancheur éclatante, contrastent avec la grisaille des rochers de granit et étincellent au soleil. Je ne tarde pas à comprendre qu'ils se sont détachés de l'imposante falaise de calcaire, toute proche. Cette seule pensée suffit à me glacer le sang. À la vue des filets métalliques de protection destinés à retenir les éboulis, je tente de me convaincre que nous ne risquons rien. Quoi qu'il en soit, je hâte le pas tandis que nous longeons les clôtures des jardins. Ce paysage minéral de désolation ne me dit rien qui vaille.

Cheminant sur un lit de cailloux, nous suivons la lisière feuillue du quartier pavillonnaire. Elle forme un arc de cercle, de sorte que nous laissons bientôt la falaise derrière nous. Au début, seuls les sifflements du vent me parviennent. Mais peu à peu s'élève une clameur sourde qui se mue en un murmure indistinct de voix. En même temps que j'aperçois un attroupement devant une haie, j'entends Joseph jurer.

— Punaise, encore eux !

— Whouaf, whouaf !

— Chut, Rimbaud. Ce n'est rien de grave.

— Ça reste à prouver, peste le policier qui me dépasse pour s'élancer vers le groupe.

Avec plus de circonspection, je me rapproche de la petite dizaine de gens réunis. Des hommes et des femmes nous tournant le dos, avec des cagettes et des chariots de courses à leurs pieds. Seraient-ils en train de les remplir de fruits cueillis sur les arbres d'une clôture ? Il me semble que c'est illégal. Pourtant, Joseph n'a toujours pas sorti son carnet de verbalisation. En revanche, il ne se prive pas de brailler. Rimbaud est si apeuré qu'il se cache entre mes jambes.

— Rentrez chez vous, je vous dis, beugle Joseph tout en agitant les bras. Allez, zou, du balai…

Loin de se laisser impressionner, les contrevenants ne se dispersent pas et continuent de nous ignorer. Je serais curieuse de savoir ce qui captive leur attention. Il n'y a aucun fruit sur la haie, que je sache, et le sol est couvert de cailloux sans intérêt.

Joseph aurait pu s'énerver encore longtemps si un petit homme râblé et légèrement bedonnant n'avait pas émergé de l'attroupement. Le crâne chauve, le visage rond et les yeux bleus rieurs, il est vêtu tout de blanc. Je reconnais immédiatement Pierre Mevel, le guérisseur du village. Il m'est sympathique, même si je me méfie grandement de ses méthodes thérapeutiques. Du temps où je m'étais rendue à son cabinet, il m'avait remis un flacon jaune nommé « Mer de parfums » pour les intestins de mon chien, ainsi qu'une fiole rouge appelée « Barrière de feu » et censée me protéger de l'Ankou. Ni Rimbaud ni moi n'y avons touché.

— Jade, Rimbaud, bien le bonjour ! nous lance-t-il avec un sourire débonnaire. Et vous brigadier, comment allez-vous ? Un peu tendu, à ce que je vois. Vous ne devriez pas. *Carpe Diem*, comme disait le poète Horace. Profitez de l'instant présent… et de votre moustache. Elle est splendide, ma lotion capillaire lui a bien réussi.

— Vous trouvez ? s'enquiert Joseph d'un ton radouci, avant de se ressaisir. Ne cherchez pas à m'embrouiller, Mevel. Mon oncle ne veut pas que vos adeptes et vous traîniez par ici. Une quinzaine de plaintes ont déjà été déposées contre vous, je vais finir par sévir.

— Laissez-moi deviner, on les doit à ce cher Guézennec, n'est-ce pas ?

— On l'emmerde, s'écrie une commerçante du marché aux poissons.

— Y'a qu'à retourner d'où qu'y vient, on veut pas d'ce torr-penn à Foisic, rebondit une vieille dame philatéliste du nom de Broudic.

Je la croise régulièrement au bureau de poste où elle tente d'acheter des timbres qui, semble-t-il, n'existent que dans son imagination. À chaque fois, elle repart bredouille, après avoir quelque peu éprouvé la patience de Christine Morvan.

— J'lui aplatirai l'pif s'il continue à nous asticoter.

Le quinquagénaire un peu enrobé qui a lancé ces menaces est un homme d'aspect bourru. Il exerce le métier de marin-pêcheur. Comme tous les Bretons de sa profession, il est affublé d'un surnom. Le sien est le

Tarluchien[2], en rapport avec son strabisme divergent.

— *Ar re mezv a zivezv, met ar re sot na zizodont ket*[3] ! prophétise un papy voûté tout en mâchonnant sa pipe.

— Bien dit, Piss-piss ! approuve la marchande de poissons.

— Du calme, mes amis… Du calme, je vous en conjure, les prie Pierre Mevel, ce qui semble persuader l'assemblée de ne pas renchérir. Et vous brigadier, allez expliquer à votre oncle que cette fontaine appartient à tout le monde. Personne ne nous empêchera de nous y désaltérer.

— Guézennec ne partage pas cet avis.

— Il a tort. L'eau sort de terre en dehors de son jardin.

— Lui pense au contraire qu'elle provient de chez lui, le contredit Joseph.

— Quelle mauvaise foi ! Venez voir par vous-même.

Le guérisseur n'a pas prononcé ces mots que ses compagnons s'écartent comme les flots de la mer Rouge devant Moïse. Il nous est alors donné d'apercevoir l'objet du conflit. Là-bas, au pied de la haie, une source émane d'une fente entre deux rochers de granit. Jaillissant tel un simple filet d'eau cristalline, elle se déverse dans une large vasque en forme de coquillage qui lui confère sa couleur noire, semblable à de l'encre. Des reflets bleutés dansent délicatement sur sa surface sombre en des cercles concentriques particulièrement hypnotiques. Ce qu'elle devient ensuite, nul ne le sait, car aucun ruisseau ne s'écoule en dehors de la vasque.

— Qu'attendez-vous pour y regarder de plus près ? insiste le guérisseur.

Joseph entreprend d'examiner la source. Je demeure en retrait, refusant de laisser Rimbaud s'en approcher. Son système digestif est si sensible.

— Votre chien peut la boire, Jade, m'encourage Pierre Mevel qui a deviné mes inquiétudes. L'eau de cette fontaine est plus que potable.

Un concert de louanges fait écho à ses propos.

— J'n'ai plus d'rhumatismes depuis qu'j'en consomme, se félicite

---

[2] Tarluchien : personne qui louche (du verbe breton tarlucher qui signifie loucher, lorgner). *(N.d.A.)*

[3] Expression bretonne signifiant : *les gens saouls dessaoulent, mais les idiots restent idiots.* *(N.d.A.)*

Mme Broudic, avant de porter un gobelet de curiste à ses lèvres et de le vider d'un trait.

— J'ai rajeuni d'dix ans, se réjouit le marin-pêcheur bourru qui envisageait de ratatiner le nez de Stéphane Guézennec.

— T'as presque l'air d'un minet, le Tarluchien ! le complimente la marchande de poissons.

— Depuis que mon patron en met dans la pâte, elle lève beaucoup mieux, avance timidement un jeune garçon roux farci d'acné et de taches de son.

— Il parle d'Yvon Briand, le vendeur de pizzas, nous précise une femme que je croise parfois dans le quartier du port lors de mes tournées.

— Vous voyez, cette source soigne bien des maux, déclame le guérisseur.

— Et ceux qu'sont pas contents peuvent aller s'faire…

— Allons, Francine, ces choses-là s'disent pas tout fort, se gendarme Mme Broudic, faisant les gros yeux à la marchande de poissons.

— J'dis toujours c'que j'pense.

— Qui a installé le bassin ? demande Joseph, agenouillé devant la fontaine.

— C'est moi, réplique Pierre Mevel. Il le fallait bien si on voulait préserver la pureté de l'eau.

— Techniquement, ce n'est pas interdit, réfléchit tout haut le policier tout en lissant sa moustache. Et il est clair que l'eau ne provient pas de la propriété de Guézennec.

— C'est bien c'qu'on disait ! jubile le Tarluchien.

— Pouvons-nous en déduire que, dorénavant, vous nous laisserez tranquilles, brigadier ? l'interroge le guérisseur.

— Reste à voir si cette eau est potable, bougonne Joseph.

— Elle l'est ! s'enflamme Mme Broudic qui lui tend son gobelet de curiste. Goûtez-la, Jégou.

Se relevant d'un bond, Joseph étire le bras vers la vieille dame. C'est alors que l'on peut entendre un craquement. Sa manche se serait-elle déchirée ? Un bouton doré de son uniforme vole subitement dans les airs et retombe aussi sec dans la vasque. Dans la foulée, l'eau se met à bouillonner. Et pas qu'un peu. Des exclamations fusent. J'en demeure bouche bée. Depuis que je vis ici, j'ai assisté à beaucoup de bizarreries. Celle-ci les surpasse toutes.

— Hopala ! C'est un miracle, s'émerveille une jeune femme très maigre et aux grands yeux sombres qui ne s'était pas exprimée jusque-là.

— Oui, cette fontaine est miraculeuse, conclut Pierre Mevel. Nous lui devons tout notre respect.

ENA FITZBEL

Chapitre 6

Joseph n'ayant plus aucune raison de crier ni de gesticuler, il récupère son bouton au fond de la vasque, et nous nous remettons en route. Je me dirige vers la place de la Mairie, sur laquelle se situe mon manoir. Joseph aussi, puisqu'une affaire soi-disant urgente requiert sa présence à l'hôtel de ville. Quel crampon !

Désormais, Pierre Mevel et ses compagnons seront bien tranquilles pour remplir les jerricanes vides que contenaient leurs cagettes et leurs chariots de courses. Quant à moi, je devrai écouter les théories fumeuses du policier sur l'origine des bulles. De fait, il me tient le crachoir, je ne peux pas en placer une. C'est ainsi qu'il me décrit dans le détail toutes les causes possibles de dégazage : réactions chimiques, activité microbienne, décomposition organique… Je ne prête qu'une oreille discrète à son verbiage pseudoscientifique. Je deviens plus attentive lorsqu'il en vient à évoquer une ancienne connaissance commune.

— Vous vous souvenez de Nicolas Klein ? s'enquiert-il.

— Le faux vétérinaire… Plutôt deux fois qu'une.

Comment pourrais-je l'oublier ? Rappelons que j'ai failli périr dans la fosse que ce sale type avait creusée à l'arrière de son jardin. Il voulait construire un abri souterrain où il pourrait entreposer ses œuvres d'art volées.

— C'est dans sa maison qu'habite actuellement Guézennec, précise Joseph.

— J'étais au courant.

— Figurez-vous que son projet de bunker n'était pas viable. L'excavation était trop profonde, elle a atteint une nappe phréatique. Du coup, une source a fini par jaillir. Cette même source que Mevel et ses adeptes vénèrent.

— J'ai pourtant vu l'eau sortir à l'extérieur de son jardin, opposé-je.

— Ce n'était pas le cas au début. Presque immédiatement après avoir acheté la maison, Guézennec a déposé un MC113 au commissariat pour se plaindre de Gourcuff. Comme quoi, il y avait un vice caché. En effet, l'agent immobilier lui avait vendu la propriété en lui faisant miroiter la possibilité de bâtir une piscine. Chose qui devenait irréalisable dès lors que la fosse était constamment inondée. On ne pourrait pas y couler de béton. Guézennec a donc rebouché le trou. C'est là que la source s'est mise à jaillir en dehors de chez lui. Et comme ce type est de très mauvaise foi, il revendique maintenant la paternité de la fontaine et exige qu'on le paie pour en boire.

— Il ne perd pas le nord, commenté-je. Et que fabrique-t-il dans la vie, cet homme-là ?

— Il vend des fruits, des légumes, des confitures, du miel et des fromages sur les marchés. Il prétend que ce sont des produits biologiques provenant tout droit de la ferme, mais moi, je le soupçonne de se les procurer dans des grandes surfaces. Il ne serait pas le premier, soit dit en passant. Je connais des loustics dans son genre qui poussent le bouchon jusqu'à falsifier l'étiquetage des œufs pour les *greenwasher*. C'est moche de faire croire aux consommateurs qu'ils achètent du bio alors qu'en réalité, ils se tapent de la poule élevée en batterie.

— Merci pour l'info, j'éviterai de me ravitailler chez lui, décrété-je. À quel endroit expose-t-il le samedi ?

Pour votre gouverne, je tiens à souligner que samedi est jour de marché à Foisic. Agriculteurs, pêcheurs et artisans investissent les rues du village, encombrant les trottoirs de leurs étals.

— Derrière l'église, ma vieille, me répond Joseph. Mais il n'est pas satisfait de son emplacement. Le reste de la semaine, il sévit dans des patelins des environs.

— Je m'étonne qu'il ait choisi de s'installer à Foisic. Ce n'est pas très central, comme endroit.

— C'est à cause de sa femme.

— Il est marié ?

— À vous entendre, on croirait que vous êtes déçue, persifle Joseph d'un ton vachard.

— N'importe quoi !

— L'épouse de Guézennec est visiteuse médicale. On ne l'a pas beaucoup vue depuis leur emménagement, elle voyage toujours par monts et par vaux. Vous avez dû remarquer que nous étions pratiquement à la frontière entre le Finistère et le Morbihan. Eh bien ! Depuis Foisic, la dame peut desservir ces deux départements dont elle a la charge, ce qui était loin d'être aisé lorsqu'ils habitaient à Quimper, leur ancienne localisation.

Joseph m'aurait sûrement régalée d'autres potins si nous n'avions pas rejoint la place de la Mairie, où une surprise de taille m'attend. Ce ne sont pas tant les beuglements de Stéphane Guézennec qui causent mon émoi. Décidément, ce type est partout. Le fait d'apercevoir mes parents en pleine dispute avec lui me laisse pantoise. Que font-ils ici ? Leur visite ne devait pas survenir aussi tôt.

— On dirait bien que votre mère est de retour, s'exclame Joseph, en même temps que mon chien jappe d'excitation. Remarquez, je ne m'en plains pas. Je l'apprécie beaucoup. Elle est tellement plus classe que vous.

— Trop aimable, grommelé-je. Cesse de tirer sur ta laisse, Rimbaud, ou tu vas t'étrangler.

— Elle n'a pas l'air contente que Guézennec ait parqué sa camionnette devant chez vous. Elle lui passe un de ces savons... Et lui, c'est votre frère ?

— Non. Mon père !

— Sans blague, vous vous fichez de moi ? proteste Joseph, s'arrêtant net à bonne distance des intéressés. Il fait rudement jeune. Tiens, votre mère à une nouvelle voiture ! Trop classe, la mini Cooper... Eh, mais là, ça ne va pas ! Elle est en double file.

J'ai peut-être oublié de vous décrire la disposition des lieux, de sorte que vous devez vous interroger sur la situation. Je vais réparer mon erreur.

Étalée en carré, la place de la Mairie condense histoire et modernité, avec en son centre une fontaine en forme de dolmen, hommage vibrant aux traditions séculaires de la Bretagne. Depuis que j'ai été en contact avec la source miraculeuse, je ne peux que me demander d'où provient l'eau qui jaillit avec grâce de la dalle supérieure, ruisselant sur les parois verticales avant de se déverser dans un bassin circulaire. S'échappe-t-elle de la même nappe phréatique ? Mais là n'est pas notre sujet.

Sur l'un des côtés de l'esplanade se dresse l'hôtel de ville, un bâtiment austère de pierres grises. Agités par le vent du large, un drapeau tricolore ainsi qu'un second à bandes horizontales noires et blanches le surmontent et égaient l'ensemble.

L'école primaire où travaille Alban borde le côté droit adjacent et témoigne de l'imaginaire des enfants. Véritable galerie d'art éphémère, sa façade s'orne des dessins d'Halloween qui rassemblent citrouilles grimaçantes, sorcières sur leur balai, chauves-souris, squelettes drapés de linceul et brandissant une faux – tristement connus sous le nom d'Ankou.

En face de l'école, et donc à gauche de la mairie, on trouve mon manoir à trois niveaux, repeint à grand renfort de rose. Décidément, je ne m'habituerai jamais à la teinte choisie pour mes volets. Du pourpre vif qui m'a été imposé par les frères Prigent. Sans parler de ce rouge foncé appliqué sur le portillon. Il jure affreusement avec le reste.

Une rue encercle l'esplanade. Piétonnisée au niveau de l'école et de la mairie, elle mène à la rue Brise-Lames, au nord, et dessert au sud un modeste parking public jouxtant le quatrième côté. Bien que ce dernier soit peu fréquenté, je gare toujours ma jolie Twingo orange devant chez moi, sur l'une des trois places de stationnement disponibles. Tout le monde au village sait qu'elles sont réservées à ma voiture et à celles de mes visiteurs. Même le samedi où le parking public se remplit des véhicules des vendeurs du marché, personne ne s'aviserait de transgresser cette règle tacite. Peut-on alors m'expliquer pourquoi Guézennec a stationné son camion magasin blanc derrière ma Twingo, occupant deux places et empêchant mes parents de se parquer ?

Mon chien tirant toujours sur sa laisse, je suis entraînée vers eux. La teneur de leurs propos m'est ainsi révélée.

— Votre camion poubelle et vous-même êtes priés de libérer les lieux, fulmine ma mère, les poings sur les hanches.

— Je me gare où je veux quand je veux, beugle Stéphane Guézennec. Et ce ne sont pas des Parigots sortis d'on ne sait où qui me donneront des ordres.

— Laisse tomber, Irène. Il y a un parking là-bas, tente de la raisonner mon père.

— C'est une question de principe, Franck… Oh, mais qui voilà ! s'interrompt brusquement ma mère tout en prenant mon chien dans ses bras et recevant des coups de langue sous le menton. Rimbaud ! Jade, ma chérie, je suis si heureuse de te voir.

— C'est votre fille ? réagit aussi sec Guézennec. Je comprends mieux pourquoi on dit que le fruit ne tombe jamais loin de l'arbre.

— On dit aussi que le plus beau fruit peut cacher un ver, fronde mon père. À bon entendeur !

— Ceux que je vends n'en ont jamais. Jégou, expliquez à ce monsieur combien lui coûteront ses petites insultes quand j'aurai déposé un MK007.

— Un MC113, le corrige ma mère. Bonjour, Joseph. Puisque vous êtes ici, expliquez à ce monsieur pourquoi il doit se garer ailleurs.

Et tandis que le policier entre dans la querelle, je me retrouve en tête-à-tête avec mon père. Joseph n'avait pas tort. Le temps n'a pas de prise sur lui. De taille moyenne, les traits délicats, les cheveux châtain foncé indomptables à la Harry Potter et les yeux agrandis par des petites lunettes rondes, il a des allures de jeune homme. On ne lui donnerait pas plus de trente ans alors qu'il est aussi âgé que ma mère. Ne vous méprenez pas sur mes propos, je n'insinue nullement que cette dernière fait vieille.

Brune, le visage soigneusement maquillé et encadré d'une coupe au carré résistant au vent, elle entretient son image de femme fatale grâce à des tenues rétro des années 1950. Et bien qu'aujourd'hui elle ne porte pas d'escarpins vernis ni de robe cintrée à pois, elle est tout aussi séduisante avec son long manteau chocolat pelucheux et ses bottes cuissardes noires.

Pour en revenir à mon père, il n'a pas cessé de me fixer depuis que j'ai pénétré dans son champ de vision. Bravache, je soutiens son regard. Je vous parie qu'il s'apprête à m'accabler de reproches. Ceux qui ne le connaissent pas doivent savoir qu'il est chercheur en géologie à la Sorbonne. Son inclination pour la minéralogie s'est exprimée dans les prénoms dont il a affublé ses enfants. Opale, Béryl et Jade. Il accorde une importance démesurée aux études et ne jure que par les diplômes. Si ma mère a enfin accepté mes choix de vie, ce n'est pas vraiment son cas.

— Bonjour, lui dis-je simplement. As-tu fait bon voyage ?

— Si on peut dire ! Tu sembles en forme. Je n'aurais jamais cru que l'inactivité te réussirait, observe-t-il du ton sentencieux qu'il emploie probablement avec ses thésards.

— Mais je travaille, je…

— Comme factrice ? m'interrompt-il, un sourire dédaigneux au coin des lèvres. Franchement, Jade ! Tu aurais pu prétendre à tellement mieux. Un diplôme d'ingénieur des Arts et Métiers, un mastère, un doctorat. Encore aurait-il fallu que tu ne t'arrêtes pas en route.

— Je n'ai pas besoin de tout ça pour être heureuse.

Blême de colère rentrée, j'enfonce les ongles dans mes paumes.

— Quelle inconscience ! soupire mon père, revenant à la charge. Connaissant ton inconstance, je te vois mal rester ici toute ta vie à distribuer du courrier. Et sans un bon bagage académique, tu ne pourras jamais rebondir.

— Ne t'en fais pas pour moi, j'ai de quoi parer aux imprévus, scandé-je tout en désignant mon manoir.

— Cette vieille bicoque ! Laisse-moi rire. Mais à quoi bon discuter avec un canard sans tête, je te le demande...

Il n'achève pas. Des cris d'enfants couvrent sa voix. Au même moment, le camion magasin de Guézennec démarre et cesse de me cacher la vue de l'école. J'aperçois alors l'attroupement de mères de famille venues récupérer leurs bambins à la sortie des classes, et ma colère grandit. Comme à l'accoutumée, elles sont sur leur trente-et-un, car malgré l'annonce de mes fiançailles avec leur instituteur adoré, elles ne désespèrent pas de lui taper dans l'œil. Jalouse, moi ? Mais pas du tout. Juste irritée de ne plus entendre parler d'Alban.

Mon chien aussi est passablement énervé, mais pour une tout autre raison que moi. Se démenant comme un diable pour se dégager de l'étreinte de ma mère, il aboie.

— C'est bon, je te libère, cède-t-elle, reposant Rimbaud par terre.

— Attention, il s'échappe ! hulule Joseph, après avoir essayé sans succès d'attraper la laisse.

— Il n'ira pas bien loin.

— Il a vu Corentin, commenté-je.

Se détachant du groupe de mères et d'élèves amassés devant l'école, un garçon de huit ans au poil roux et aux yeux verts délavés accourt vers nous... et vers Rimbaud à qui il voue un amour indéfectible. Le pauvre a perdu ses parents l'an dernier dans des circonstances troubles. Il vit désormais chez ses grands-parents Sylvie et Albert Landrec, les quincailliers du village. Son oncle Alban s'occupe également de lui. Mais si Corentin le pouvait, je crois qu'il élirait domicile aux Ibis. Il me gratifie d'ailleurs de sa présence chaque fois qu'il n'a pas cours tant il s'est entiché de Rimbaud.

— Et si on poursuivait nos retrouvailles à l'intérieur, il gèle dehors, suggère ma mère, une fois que mon père a garé leur mini Cooper sur l'emplacement libéré par Guézennec.

C'est ainsi que mes parents, Corentin, mon chien et moi nous dirigeons vers le manoir.

— Vous êtes le bienvenu, Joseph, ajoute ma mère par-dessus son épaule.

Le policier ne se fait pas prier deux fois pour nous emboîter le pas.

— Je croyais qu'une affaire urgente requérait votre présence à la mairie, maugréé-je.

— Elle attendra !

ENA FITZBEL

Chapitre 7

Petit conseil d'amie, si vous recevez des gens chez vous, évitez de monter dans votre chambre et de les laisser en plan. Je ne connais rien de plus impoli. Et pourtant, c'est exactement ce que je me suis empressée de faire après avoir refermé la porte de mon manoir.

Pour ma défense, retenez que je n'ai pas lancé les invitations. Mes parents ont débarqué à l'improviste sans même s'annoncer. Je n'en veux aucunement à Corentin, qui s'est beaucoup attaché à Rimbaud. Mais Joseph aurait dû passer son chemin. Qu'ils se débrouillent tous sans moi puisqu'il semblerait que je n'aie pas mon mot à dire !

Allongée sur mon lit, je consulte ma boîte vocale et n'y trouve qu'un message. Il provient de Véronique Guillerm qui me propose de la rejoindre demain matin pour arpenter le marché forain du 11 novembre. Je comprends mieux pourquoi Guézennec cherchait à garer son camion devant chez moi. Il souhaitait pouvoir préparer son stand dès potron-minet. Mais n'est-il pas censé s'installer derrière l'église plutôt que sur la place de la Mairie ?

Passons ! Qui dit jour anniversaire de l'Armistice dit que je ne travaillerai pas. Comme Véronique croit bon d'ajouter que les jumeaux seront avec leur père, je réponds par l'affirmative. Je m'apprête à éteindre mon smartphone lorsqu'il se met à sonner. Reconnaissant le numéro entrant, je décroche sans hésiter. Depuis le temps que j'attendais cet appel ! Mieux vaut tard que jamais.

— Jade, c'est toi ? me lance Alban à l'autre bout du fil.

— Non, c'est le pape !

— Depuis la venue de Jean-Paul II en Bretagne, on n'a pas beaucoup vu de papes par chez nous.

— Si tu le dis ! Que me vaut le plaisir de t'entendre ? raillé-je d'une voix grinçante. Es-tu sûr d'avoir corrigé toutes tes copies ? As-tu bien préparé tes leçons pour demain ? Je m'en voudrais de te faire perdre ton temps.

— Demain, c'est férié, je ne travaille pas. J'ai trouvé tout à l'heure une invitation de ton père dans ma boîte aux lettres. Je me demande si tu es au courant pour le dîner de samedi soir.

— Et moi, je me demande qui a bien pu te livrer ton courrier, persiflé-je encore. Une cigogne ?

— Mais enfin, Jade, les cigognes nidifient en Alsace et non en Bretagne, tu devrais le savoir depuis le temps que tu vis ici.

Son ton plus que sérieux ravive le souvenir d'une conversation avec ma mère. En réponse à mes interrogations sur le comportement déroutant de mon fiancé, elle avait tenté de me rassurer. Je vous restitue ses explications en substance.

Sans pour autant manquer d'humour, les personnes qui comme Alban sont atteintes du syndrome d'Asperger comprennent d'autant moins le sarcasme, l'ironie et les taquineries qu'elles sont privées d'indices visuels. Les échanges téléphoniques accroissent ainsi leurs difficultés de communication avec autrui.

— Et si on en discutait autour d'un verre ? suggéré-je, changeant mon fusil d'épaule. Pourquoi ne pas se voir ce soir ? Vingt et une heures trente, au bar *La Jetée*, ça te conviendrait ?

— En fait, je préfère te rendre visite au manoir. J'arrive…

— Non, ce n'est pas possible, me récrié-je, lui coupant la parole.

— Je ne t'entends plus très bien, Jade. Je suis au volant, il faut que je raccroche…

Des bips s'ensuivent, m'informant que mon interlocuteur a mis fin à l'appel. Quelque peu hébétée par ses déclarations, je reste prostrée sur mon lit à contempler le plafond. Ainsi, Alban fait route vers les Ibis. La rencontre tant redoutée entre mon père et lui est imminente. Je n'ai même pas eu le temps de m'y préparer mentalement. Me voilà plongée dans un nouvel embrouillamini !

De cet état d'esprit découle la suite des événements. Car lorsque le carillon de l'entrée retentit l'instant d'après, je bondis hors de ma chambre, dévale l'escalier et, devançant ma mère qui sort au même moment de la cuisine, je me rue dans le vestibule. Rimbaud y est déjà, couinant et grattant la porte comme s'il se languissait d'amour.

— Je m'en occupe, décrété-je à l'adresse de ma mère.

— Volontiers. Je m'en voudrais de rater le très instructif exposé de Joseph sur les nouvelles méthodes de la police scientifique, me répond-elle avant de tourner les talons.

En l'absence de judas, je ne peux pas deviner l'identité de mon visiteur, mais puisque Rimbaud ne lui manifeste aucune hostilité, pourquoi m'en inquiéterais-je ? Non sans avoir auparavant pris mon chien dans mes bras, j'ouvre la porte en grand et tombe nez à nez avec Kévin Robin. Le fait qu'il porte à bout de bras une demi-douzaine de cartons de pizzas est franchement incongru.

Petit et fluet, le visage juvénile au teint hâlé et encadré de bouclettes rebondissantes châtain foncé, il pourrait largement passer pour un livreur. Toujours est-il que les compétences d'un croque-mort – tel est son métier – sont associées aux funérailles plutôt qu'à la distribution de nourriture à domicile. L'odeur de mozzarella fondue qui le parfume s'accorde mal avec son domaine d'activité.

— Bonsoir, monsieur Robin. C'est pour quoi ? lui demandé-je avec méfiance, dans la mesure où je n'ai rien commandé.

En outre, la grosse moustache qu'il s'est laissé pousser lui ôte ses airs angéliques. Il me donne encore plus les chocottes qu'avant. Souhaitant néanmoins faire bonne contenance, je serre fort Rimbaud qui, contrairement à moi, le regarde avec adoration.

— Appelez-moi Kévin. Après tout, on est du même âge. Je vous apporte les pizzas achetées par votre mère. Deux Margherita, une Romaine, une Calzone, une Capricciosa et une Hawaïenne.

— Vous faites également livreur ?

— Je réalise des courses pour la compagnie Uber entre deux enterrements, se justifie-t-il, un sourire contrit aux lèvres.

Sur ces entrefaites, Joseph déboule dans le vestibule, récupère les cartons de pizzas et disparaît aussi sec.

— À la revoyure ! me lance Kévin jovialement.

À la suite de quoi, je sens des frissons me glacer la peau. Venant de la bouche d'un type qui conduit un corbillard, cette locution avait toutes les chances de me rendre nerveuse. Je trouve cependant le courage de me montrer polie.

— Oui, à la prochaine ! répliqué-je sans grande conviction.

— Whouaf ! Whouaf !

Des Aboiements qui expriment plus d'approbation que de protestation, j'en ai bien peur. Malgré le vent glacial qui souffle encore dehors, je demeure sur le seuil à regarder le croque-mort s'éloigner. Nimbé de la lumière dorée du soleil couchant, il sort de mon jardinet. Son ombre sur le sol est si étirée qu'elle paraît appartenir à un géant. Sous un ciel aux teintes allant du rose pâle à l'orange vif, il monte dans son fourgon noir orné de l'inscription « Au Doux Repos ». Il n'a pas quitté la place de stationnement située derrière la voiture de mes parents qu'une Peugeot 208 grise vient s'y garer de travers. C'est Joseph qui serait content de la voir empiéter sur la chaussée !

Ayant arrêté le moteur, un beau et grand jeune homme de vingt-huit ans à la carrure athlétique descend du véhicule. Les mâchoires crispées, son nez rectiligne palpitant de contrariété et ses yeux verts en mode « feux de détresse », il marche à grands pas vers le portillon et le pousse. Ses cheveux mi-longs malmenés par les rafales complètent d'autant mieux son allure seigneuriale que ses mèches d'un blond cuivré rougeoient dans la lumière déclinante. Je vous présente Alban, mon fiancé. Notons qu'il n'a pas cédé à la mode des grosses moustaches. Je n'irai pas m'en plaindre.

— La mini Cooper : c'est celle de tes parents ? s'alarme-t-il, tandis qu'il parvient à ma hauteur.

— Bonsoir, Alban, rétorqué-je avec une pointe de dérision. Et si on ne se voit pas avant longtemps, d'avance : bonne nuit, joyeux Noël et joyeuses Pâques !

— Tes parents... ils sont arrivés ?

— Oui.

— Et ton père... il est... ici ? balbutie-t-il, son intonation traduisant une appréhension non dissimulée.

— Encore oui.

— Ah ! D'accord.

— Ne te fais pas de souci. Il n'a jamais mangé personne. Il se contentera des pizzas que ma mère a commandées.

Sensible à ma boutade, Alban émet un petit rire, mais ne se détend pas pour autant.

— Alors comme ça, il y aura de la pizza au dîner, reformule-t-il, se balançant d'une jambe sur l'autre. Y en aurait-il une pour moi ?

Je lui aurais bien répondu non, afin de différer la confrontation avec mon père. Il m'enveloppe d'un tel regard suppliant que je me noie dans le lagon vert de ses yeux et accepte.

— *Quand il y a à manger pour huit, il y en a bien pour dix*, déclamé-je avec une pompe qui épaterait ma mère, férue de belles lettres.

— Tu reçois d'autres invités ?

— Je ne faisais que citer une réplique d'Harpagon, dans l'*Avare* de Molière.

Alban s'esclaffe de nouveau. Il rirait beaucoup moins s'il apprenait que Joseph assiste également au repas. Ces deux-là ne peuvent pas se saquer.

— On s'embrasse ? s'enquiert-il d'une voix grave et suave qui ne trahit plus aucun trouble.

Inversion des rôles ! C'est moi qui maintenant me sens à l'étroit dans mes petites pantoufles.

— Je… je veux bien, bafouillé-je, le rouge aux joues.

— Hum… Et avec Rimbaud, on s'y prend comment ?

Flûte ! J'avais oublié que mon chien était entre nous. Je le dépose par terre. Frétillant de joie, il fait la fête à Alban avant de s'élancer vers la cuisine où Corentin l'attend. Un ange passe. Seul le vent d'automne siffle dans mes oreilles. Mon fiancé profite de ce relatif silence pour me serrer dans ses bras, s'emparer de mes lèvres et m'emporter dans un long, très long baiser passionné…

— Je dérange ? lâche une voix hautaine depuis l'intérieur du manoir.

L'irruption de mon père fait éclater notre bulle d'intimité. Alban me relâche prestement et recule.

— Nous… Je… Vous…, bégaie-t-il, tout penaud.

Il semble avoir perdu l'usage de la parole. Je ne suis guère étonnée. Mon père produit toujours cet effet dévastateur sur les gens.

— Vous devez être Alban. Moi, c'est Franck. Suivez-moi, nous devons parler d'homme à homme.

ENA FITZBEL

Chapitre 8

Répondant à la demande pressante de mon père, Alban lui emboîte le pas jusqu'au salon. Je jurerais qu'il n'en mène pas large. À juste titre ! Redoutable coupeur de cheveux en quatre, mon paternel ne le lâchera pas tant qu'il n'aura pas obtenu tout son curriculum vitae. Les minutes à venir risquent d'être des plus éprouvantes.

La tête fourmillant de points d'interrogation, je scrute la porte qui s'est refermée sur eux. Hélas, elle est bien trop épaisse pour que les bruits d'une conversation la percent. J'en suis réduite aux conjectures. Une date de mariage sera-t-elle avancée ? Qu'ils ne s'avisent surtout pas de décider sans moi, ou je vais ruer dans les brancards.

— Jade ! me hèle ma mère depuis l'autre bout du couloir. Ne reste pas plantée là-bas à bayer aux corneilles.

De mauvaise grâce, je la rejoins à la cuisine où le lustre a été allumé pour pallier la baisse de la luminosité extérieure. Un tablier noué à la taille, elle me tourne le dos et s'affaire devant un plan de travail à préparer une salade niçoise. Agenouillé dans un coin de la pièce, un Corentin débordant d'imagination montre à Rimbaud comment nettoyer sa mini-peluche teckel sans utiliser une seule goutte d'eau.

Refusant de quitter des yeux la porte du salon, je m'attable de façon à l'avoir dans mon champ de vision. Aussi me retrouvé-je assise en face d'un Joseph aux préoccupations bien plus prosaïques que les miennes. Vous ne serez pas surpris d'apprendre que les cartons de pizzas posés devant lui représentent son unique pôle d'intérêt.

— C'était Landrec, l'instituteur, n'est-ce pas ? lâche-t-il, grattant sa moustache d'un air contrarié.

— Le fiancé de Jade, le corrige ma mère. Je rajoute un couvert.

— Pourquoi s'est-il enfermé avec votre mari ? Il ne faudrait pas qu'ils tardent trop, ou les pizzas refroidiront.

— Je ne pense pas qu'ils en auront pour longtemps, prophétise-t-elle.

— Qui sait ? Si, comme je le crois, votre mari fait passer un interrogatoire à Landrec…

— Alban, rectifié-je.

— On joue sur les mots, là, grommelle tout bas Joseph avant de poursuivre à haute voix. Je vous parie que votre mari voudra tirer les vers du nez de son futur gendre. On n'est pas près de manger, c'est moi qui vous le dis.

Policier dans l'âme, il se met alors à énumérer les techniques de détection de mensonges qu'il expérimenterait s'il était à la place de mon père.

— Avec le polygraphe, on obtient d'assez bons résultats, débite-t-il, les yeux brillants d'exaltation. Fréquence cardiaque, respiration, conductance de la peau sont surveillées avec soin. Que le prévenu se risque à mentir, et les variations de ces paramètres nous l'indiqueront ! On peut aussi réaliser une analyse de sa voix. Les intonations, les silences et les hésitations sont autant d'indices susceptibles d'infirmer ses propos. Vous me suivez toujours ?

Marquant une pause, il balaie la cuisine du regard. Perdue dans les méandres de mes réflexions, je hoche la tête distraitement. Corentin, qui a interrompu la toilette de la mini-peluche teckel pour devenir un auditeur attentif, m'imite avec plus de conviction. Quant à ma mère, constamment encline à la raillerie, elle préfère chambrer le policier.

— Vous êtes un puits de connaissance à vous tout seul, Joseph !

— Et encore, vous n'avez pas tout entendu, se rengorge l'intéressé, gonflé d'orgueil mal placé. Saviez-vous que le langage corporel nous était d'une aide précieuse ? Prenez par exemple les mouvements oculaires ! Regardez vers le haut et à droite tout en parlant, et j'en déduirai que vous racontez des bobards…

Et tandis qu'il continue d'étaler sa science à grand renfort de raisonnements fumeux et de théories abracadabrantes, la discussion entre mon père et Alban se poursuit. Il y a des jours où j'aimerais être une petite souris. Encore faudrait-il qu'il y ait des trous çà et là pour se faufiler dedans. Ils ont tous été rebouchés lors de la rénovation de mon manoir.

De longues minutes s'écoulent avant que la porte du salon s'ouvre et que les deux hommes nous rejoignent à la cuisine. Alban, le visage emperlé de sueur, est blanc comme un linge. Le vert de ses yeux n'en paraît que plus intense. Sensible à sa détresse, Rimbaud s'est précipité à sa rencontre pour lui tourner autour et couiner. À l'inverse, mon père resplendit de santé. Je n'ai pas de mots pour exprimer mon indignation.

Incapable de surmonter son aversion pour mon fiancé, Joseph ne peut s'empêcher de lancer une pique.

— Dites-nous tout, monsieur Beaumont. Avez-vous réussi à lui soutirer ses plus honteux secrets ?

Sans prêter attention au ricanement de mon père, Alban s'affale sur la chaise à ma gauche. La main tremblante qu'il passe furtivement dans ses cheveux d'un blond cuivré ne m'a pas échappé. Bien que je compatisse à son sort, je ne parviens pas à lui témoigner ma solidarité. Une sourde colère gronde en moi et comprime tout élan de mon cœur.

— Franck, qu'as-tu fait à ce pauvre Alban ? Il est tout pâle, réagit ma mère, abandonnant la préparation de sa salade pour pointer un index accusateur vers lui.

— Tonton, est-ce que ça va ? s'enquiert Corentin, son front juvénile barré d'un petit pli soucieux.

— Whouaf ! s'inquiète Rimbaud.

De peur que des propos inconsidérés ne jaillissent de ma bouche, je pince les lèvres. Mon père a dépassé les bornes. Il serait temps que quelqu'un le remette à sa place. Cela changerait son quotidien. Car son ego démesuré, couplé à une insupportable arrogance, est constamment dorloté par l'absence de toute opposition, son statut d'enseignant-chercheur l'ayant toujours protégé des critiques justifiées.

Cher tous, ne comptez pas sur moi pour lui voler dans les plumes. Le ridicule ne passera pas par moi, non, non, non !

— Ton oncle est un grand garçon, Corentin, il se remettra vite, réplique l'objet de mon courroux.

— Je vais bien, articule Alban. Ne vous faites pas de souci pour moi.

— Bien répondu, le congratule mon père, lui administrant une tape sur l'épaule.

Si mes yeux pouvaient jeter des éclairs, je l'aurais foudroyé sur place. Sur le point de détourner le regard, je remarque qu'il cache une boîte dans son dos. Je n'ai pas à m'interroger bien longtemps. À peine s'est-il installé en face d'Alban et moi qu'il repousse la pile de cartons de pizzas, qui trônait au milieu de la table, et la remplace par un coffret en cuir rouge.

— Puisque nous en avons terminé avec les mesures de rigueur, je souhaiterais vous montrer quelque chose, nous dit-il avec un sourire mystérieux.

Il soulève le couvercle de l'objet en question, révélant une géode d'améthyste. De la taille d'un gant de boxe, elle jette mille éclats de lumière violette alentour.

— Trop belle ! s'exclame Corentin qui nous a rejoints.

Il s'apprête à s'en emparer, mais Joseph le devance.

— Pas touche, mon garçon ! le rembarre-t-il, empoignant la pierre précieuse à pleines mains.

— Qu'est-ce que c'est ? demandé-je, même si j'en ai une vague idée.

— Votre cadeau de fiançailles, me répond simplement mon père.

Toute autre personne que moi crierait au scandale. Elle s'offusquerait de ne pas recevoir de présent plus conventionnel, comme un duo de bijoux, un vol en montgolfière ou un week-end aux Canaries. Pas moi. Je suis accoutumée aux bizarreries de mon père qui accorde plus de valeur aux cailloux à l'état brut qu'aux produits de luxe. Ma mère aussi, ce qui ne l'empêche pas de s'en amuser.

— N'est-elle pas magnifique, Jade ? me taquine-t-elle. Tu n'imagines pas tous les bienfaits qu'elle pourra te procurer. L'améthyste est réputée pour calmer les nerfs.

— Et bien qu'elle ait une dureté de sept sur l'échelle de Mohs, je vous recommande de la manier avec précaution, ajoute mon père qui arrache la géode des mains de Joseph. Alors, Alban, elle vous plaît ?

Je coule un regard vers mon fiancé. L'expression de son beau visage me laisse perplexe. Il arbore un rictus étrange, comme s'il avait mordu dans un citron. Mais dans un même temps, des lueurs espiègles dansent dans ses yeux.

— Ce n'est pas le genre de choses qu'on aimerait recevoir sur le coin du crâne, déclare-t-il mi-figue mi-raisin.

— Effectivement, acquiesce mon père. Mais parfois, certains individus obtiennent ce qu'ils méritent.

— Franck ! se récrie ma mère, outrée.

Un silence inconfortable s'abat sur la pièce, tel un prélude à l'orage. Les regards se figent, les respirations s'arrêtent. Ai-je bien entendu ? Mon père a-t-il réellement proféré des menaces contre Alban ?

— Vous pensez à qui en particulier ? pourfend ce dernier, qui semble avoir repris du poil de la bête.

— Quelle susceptibilité ! Vous avez un peu trop tendance à croire que le monde tourne autour de vous, rétorque mon père d'un ton faussement détaché. Je faisais juste référence au sinistre individu qui avait garé sa camionnette devant chez ma fille.

— Intéressant, commente Joseph, songeur. Très intéressant.

ENA FITZBEL

Chapitre 9

Mercredi 11 novembre.
Un pâle soleil d'automne baigne le village tout entier. Les feuilles dorées et les mouettes dansent dans un ciel clair, au gré d'un vent léger.
C'est une sacrée belle journée pour les amateurs de farniente. J'ai bien l'intention d'en profiter.

Oui, c'est une matinée parfaite pour une escapade au marché forain en compagnie de mon amie Véronique. Mais nous ne serons pas seules. Lorsqu'au dîner d'hier soir il a été question de mes projets du lendemain, Alban a décrété qu'il se joindrait à nous. Danse de la joie ! Les tracasseries de mon père n'ont pas réussi à le faire fuir. Clamant qu'il était le nouvel amour de Véronique, Joseph a décidé de l'imiter.

C'est ainsi qu'aux alentours de dix heures trente, je quitte les Ibis. Dans la mesure où ma mère est allée rendre visite à ses copines et que Corentin a emmené Rimbaud à la plage, mon père restera en tête-à-tête avec la personne la plus captivante qu'il connaisse : lui-même ! Ses prestations de la veille m'ayant plutôt excédée, je m'en réjouis.

Non content d'avoir malmené Alban, il s'est attaqué à mon manoir. Monsieur le chercheur trouvait étrange que sa superficie intérieure ne coïncide pas avec ses dimensions extérieures. Je me suis alors mise à trembler à l'idée qu'il essaie de résoudre cette énigme et apprenne l'existence du passage dérobé dans ma chambre. Pour des raisons évidentes, il doit rester caché. Si mon père découvrait qu'il mène à une grotte éclairée de mille lucioles et accueillant un vieux galion sur ses eaux sombres, il pourrait être tenté de lancer une campagne de fouilles, avec tout le tralala de désagréments qui vont avec. Imaginez le choc pour les Crânes fendus ! Leur mécontentement atteindrait des sommets.

Par bonheur, ma mère qui est dans la confidence a feint l'indifférence. Et comme ce sujet n'a été abordé qu'en toute fin de soirée, nos invités étaient déjà partis. Certes, Corentin et son oncle connaissent tous les secrets des Ibis, mais ce n'est pas le cas du policier. Joseph a beau être le champion incontesté des bourdes, il a le nez creux. Autant éviter de lui mettre la puce à l'oreille.

J'ai donné rendez-vous à Véronique et à nos chevaliers servants devant la fontaine en forme de dolmen. Tous les trois m'y attendent déjà. En les apercevant, je deviens blême tant mon jean et mes baskets m'emplissent de honte. Ils sont tous sur leur trente-et-un, surtout Véronique, plus pimpante que jamais. De petite taille et parfaitement proportionnée, elle porte une tenue moulante qui souligne ses formes arrondies. Ses longs cheveux blonds sont coiffés de manière à faire ressortir son visage doux et ses yeux bleus rieurs. Peut-être devrais-je retourner me changer ?

— Vous n'aviez pas mieux à vous mettre, ma vieille ? se gendarme Joseph. Non, sérieux, vous abusez, là !

— Si vous préférez, je peux aussi aller chercher des gants de jardinage, mon bonnet de bain et un gilet jaune, grincé-je, partante pour botter des derrières, dont un en particulier.

— Ne l'écoute pas, Jade, tu es magnifique, me défend Alban avec conviction.

— Tout à fait d'accord, approuve mon amie d'un ton rassurant. Tu as la chance d'être belle au naturel, inutile d'en rajouter.

— On décolle ou on s'enracine ? maugréé-je, percluse de doutes.

Nous consacrons plus d'une heure à déambuler sur la place de la Mairie, transformée en labyrinthe de bonnes affaires, puis dans les rues, entre les étals qui trônent fièrement sur les trottoirs. Foisic tout entier s'est métamorphosé en un havre de couleurs et d'arômes. Si je ne me retenais pas, j'achèterais tout ce qui me passe sous les yeux. Les châles de dentelle, les écharpes bariolées de tartan breton, les poteries exquises, les spécialités culinaires de la région.

Les artisans et les maraîchers ne sont pas les uniques exposants. De nombreux villageois ont disposé des tables et des chaises devant leurs demeures, exhibant ainsi leurs propres créations en vue de les vendre. Parmi eux, on compte les dames de l'association de bienfaisance, connues pour leur générosité inégalée. Elles rivalisent d'ingéniosité artistique pour réunir des fonds, alliant philanthropie et talent.

Du haut des marches de l'église, le curé anime aussi un stand devant lequel une file d'attente monstrueuse s'étire. Je vois deux explications à cela. Bel homme d'une cinquantaine d'années aux tempes grisonnantes, Georges possède un charisme fou. En outre, les fioles qu'il propose avec un sourire béat contiennent de l'eau de la fontaine miraculeuse, en plus d'avoir été bénies par ses soins. Blague mise à part, l'emprise que cette source exerce sur les villageois m'inquiète sérieusement. Cette manie qu'ils ont de se balader avec bouteilles et verres, tels de parfaits curistes, frise le fanatisme. Une chose est claire comme du cristal de roche, ils ne risquent pas de mourir de déshydratation…

L'agitation joyeuse des badauds me gagne peu à peu, et ces histoires arrêtent de me turlupiner. Mes compagnons se sont eux aussi imprégnés de l'ambiance chaleureuse du marché. Alban ne cesse de me témoigner son amour. Véronique rit de toutes les plaisanteries de Joseph. La glace a été rompue entre les deux hommes, qui s'appellent désormais par leurs prénoms. Tous les voyants sont au vert pour que je les invite à déjeuner chez moi. Après un détour par la halle où je me ravitaille en cotriade – une bouillabaisse composée de morceaux de poissons et de pommes de terre –, je convie tout ce petit monde à me suivre au manoir.

Il est presque midi lorsque je m'apprête à introduire ma clé dans la serrure. La porte d'entrée s'ouvre toute seule, dévoilant une obscurité profonde à l'intérieur. Mon instinct m'avertit aussitôt d'un danger.

— Il y a quelqu'un ? demandé-je, scrutant la pénombre du vestibule sans rien y voir. Papa ?

— Ton père a dû oublier de verrouiller la porte, suggère Alban derrière moi, tandis que Véronique restée dehors éclate de rire à la blague de Joseph.

— Ce ne serait pas la première fois.

Je fais un pas, puis deux dans le hall, avant de m'arrêter net. Mon pied a buté sur quelque chose de mou. Examinant le sol, je tente de deviner ce qui me bloque le passage. Mon cœur se serre lorsque je distingue les contours d'un corps figé dans une posture qui n'a rien de naturel. Face contre terre, une jambe repliée et un bras au-dessus de la tête.

J'abandonne immédiatement l'idée qu'il s'agisse de mon père. L'individu couché sur le ventre est bien trop costaud et par trop imposant.

— N'avance surtout plus, me souffle à l'oreille Alban, qui m'attrape par les épaules pour m'empêcher d'aller plus loin.

— Tu crois qu'il… qu'il est mort ? murmuré-je.

— On dirait bien. Il a beaucoup saigné.

Mes yeux s'étant habitués à l'obscurité, je distingue nettement la mare de sang dans laquelle baigne une masse de longs cheveux gris.

— C'est Guézennec, déclare Alban avec fatalisme.

— Vous attendez quoi pour entrer ? criaille Joseph, inconscient du drame qui se joue à l'intérieur. On se les gèle dehors.

Et sans se préoccuper le moins du monde des conséquences de ses actes, il nous bouscule et pénètre dans le vestibule. Véronique a dû actionner l'interrupteur électrique, car un faisceau de lumière jaillit subitement du plafond, éclairant intensément un Stéphane Guézennec inerte et nous permettant d'apercevoir un homme debout à ses côtés. C'est mon père, pétrifié comme une statue et avec une expression de stupeur sur son visage blême. Entre ses mains rougies, il tient cette géode d'améthyste qu'il m'avait offerte hier. Elle dégouline de sang. Le cristal violet, symbole de paix et de sérénité, est maintenant souillé par la violence de cette scène macabre.

L'atrocité de cette vision me coupe le souffle. Véronique pousse un cri suraigu. Les doigts d'Alban se crispent davantage sur mes épaules. Joseph lâche un affreux juron. Puis plus rien. Le silence. Seule la sinistre symphonie des gouttes de sang qui tombent sur le parquet le trouble. Ploc… Ploc… Ploc… C'est tout bonnement épouvantable.

— Papa ?

— Ja… Jade, parvient à balbutier mon père d'une voix tremblante. Je n'ai… Je n'ai rien à voir avec ça… Tu dois me croire… Je l'ai trouvé ainsi… C'est… c'est un cauchemar.

— Vous êtes en état d'arrestation, monsieur Beaumont, déclare alors le policier avec fermeté. Vous avez le droit de garder le silence. Tout ce que vous direz pourra être retenu contre…

— Vous allez un peu vite en besogne, Joseph, s'oppose Alban d'un ton sec, lui coupant la parole.

— Mon père n'a rien fait de mal, ajouté-je avec humeur.

Je refuse de croire en sa culpabilité, et ce, même si les preuves l'accablent. Non, pas lui ! Ne nous serine-t-il pas inlassablement que son parcours est si exemplaire qu'il gravirait l'escalier du paradis sans transpirer la moindre goutte ? Et pourtant, il serre dans ses mains la géode d'améthyste qui a fracassé le crâne de Guézennec.

Luttant contre les larmes qui menacent de couler, je tente de me raisonner. Non, mon père n'a pas pu frapper cet homme. Il était simplement au mauvais endroit au mauvais moment. Lui, l'infaillible chercheur en géologie, a touché la scène de crime. C'est la seule faute qui pourrait lui être reprochée. Pour un peu, il mériterait le surnom de canard sans tête. C'en serait presque risible si Joseph n'était pas aussi sérieux. Envolé, le type sympa et blagueur ! Il a de nouveau coiffé sa casquette de policier pinailleur.

— Calmez-vous tous, et laissez-moi faire mon travail, nous ordonne-t-il avec autorité. Monsieur Beaumont, je vous prie de poser ce caillou par terre et de reculer.

Tel un gamin pris la main dans le sac, mon père obtempère. Il semble perdu. En temps normal, il serait monté sur ses grands chevaux et aurait qualifié de sagouin quiconque aurait osé déprécier de la sorte une géode d'améthyste.

— Je vous jure que je suis innocent, insiste-t-il tristement.

— C'est ce que disent tous les coupables, monsieur Beaumont, lui répond le policier, le fixant toujours d'un regard accusateur. Mais comprenez-moi bien, nous parlons d'un meurtre, là, et non d'une bataille de boules de neige.

— Vous vous croyez marrant ? pesté-je.

— Et vous teniez l'arme du crime, poursuit-il, ignorant ma remarque.

— Je l'ai juste ramassée quand…

— Minute ! s'exclame Alban par-dessus la voix blanche de mon père. Qui nous dit que Guézennec est mort ?

Tout en évitant de marcher dans la flaque de sang, Joseph s'accroupit près du corps et pose deux doigts sur son cou.

— Son pouls ne bat pas, commente-t-il, fronçant les sourcils. Vous avez votre réponse, Alban.

— Il est peut-être faible, répliqué-je, pleine d'espoir. Ce qui expliquerait pourquoi vous ne le sentez pas.

— J'appelle immédiatement le médecin, nous lance Véronique, s'arrachant enfin à son apathie.

— Et moi, je vais me poster sur le trottoir et guetter le retour de Corentin, décrète Alban. Je ne veux pas qu'il assiste à ça.

— Empêche aussi Rimbaud d'entrer, lui crié-je, tandis qu'il franchit le seuil de mon manoir.

Entretemps, Véronique a composé le numéro du beau-frère d'Anne Drésin. La tension dans le vestibule est palpable alors que le médecin décroche.

— Docteur Drésin, c'est Véronique Guillerm. Nous avons besoin de vous de toute urgence aux Ibis. Il y a eu un… un accident.

L'instant d'après, Joseph téléphone à son oncle pour l'informer de la situation. La voix puissante du brigadier-chef résonne à travers le combiné. Aïe ! Son intervention risque d'entraîner des conséquences désagréables. Je suis trop contrariée pour prêter attention aux détails de leur conversation. Ce qui n'empêche pas mon cerveau de fonctionner à plein régime.

Mon père s'est fourré dans un sale pétrin. Son cas est désespéré, car les faits l'incriminent. Sa présence sur les lieux de l'agression, l'arme qu'il tenait, le sang de la victime sur ses mains… Hier au dîner, il faisait son malin et déclarait en substance que des individus tels que Guézennec mériteraient de recevoir une géode d'améthyste sur le coin du crâne. Ne sont-ce pas là des propos accablants ?

La vérité doit être rétablie au plus vite, sinon je ne donne pas cher de sa peau. En effet, il y a de grandes chances qu'il fasse les frais de l'opinion très tranchée du brigadier-chef à mon sujet. N'oublions pas que Paul Jégou a dressé un portrait peu reluisant de moi, où j'incarnerais une catastrophe ambulante.

Tout bien considéré, je n'ai d'autre alternative que de m'impliquer dans cette affaire.

Chapitre 10

Le coup de fil de Joseph à son oncle s'est à peine achevé que le carillon de l'entrée retentit. Il y a peu de chances que le brigadier-chef se présente à ma porte immédiatement après avoir raccroché. Néanmoins, une extrême prudence s'impose. Personne ne doit apercevoir mon père dans cet état, avec son air hébété et les paumes maculées de sang. Aussi lui demandé-je de nous attendre dans le salon.

En amie avisée, Véronique récupère mes courses – cotriade incluse – et entraîne mon paternel à la cuisine, lui conseillant de se laver les mains avant toute chose. Comme Joseph ne formule aucune objection, ils s'empressent de disparaître.

Après leur départ du vestibule, j'ouvre la porte à mon visiteur, non sans appréhension. Il s'agit du Dr Drésin, un grand rouquin d'une cinquantaine d'années qui ressemble à s'y méprendre à son frère, le mari d'Anne. Le moins que l'on puisse dire, c'est qu'il est doué d'un sang-froid remarquable. Pas un muscle de son visage oblong ne tressaille tandis qu'il se penche sur la victime.

— Il est bel et bien mort, conclut-il, une fois son examen terminé. Depuis plus d'une heure, si vous voulez mon avis.

— Mort… Depuis plus d'une heure, articule Joseph tout en griffonnant sur un carnet. Quelle est l'heure du décès, selon vous ?

— Je la situerais entre dix heures et midi. C'est bien évidemment une estimation approximative.

— Je le note. Pensez-vous que Guézennec se soit suicidé ?

— Rallumez votre cerveau, Jégou, et ouvrez les yeux, rétorque le médecin, un brin exaspéré. La plaie est à l'arrière du crâne.

— Donc, pas de suicide. Un accident peut-être ?

— Impossible. Ce n'est rien moins qu'un meurtre. Quelqu'un a attaqué Guézennec par-derrière et lui a asséné un violent coup sur la tête.

— Vous avez entendu le docteur, Jade ? lâche le policier, bouffi de prétention. Il s'agit bien là d'un meurtre. Un meurtre tout ce qu'il y a de plus horrible, avec une malheureuse victime et un ignoble assassin.

— Je vous vois venir avec vos gros sabots, Joseph, mais vous vous trompez sur toute la ligne, le rabroué-je tout en veillant à ne pas mentionner mon père devant le Dr Drésin.

— Je dois vous laisser, nous annonce ce dernier. Depuis quelques jours, Foisic est confronté à une épidémie de potomanie qui me génère un surcroît de travail.

— Potomanie ? répété-je bêtement.

— Trouble de la soif engendrant une consommation excessive de liquide, notamment d'eau, débite mon père qui revient de la cuisine.

Apercevant une tache de sang sur l'un de ses chaussons, je me précipite vers lui.

— Je vous présente mon père, un homme très occupé.

Ce disant, je l'attrape par le bras et l'emmène *manu militari* au salon.

— Ne bouge pas d'ici, sifflé-je tout bas, quelque peu contrariée par sa désinvolture. Je te rappelle que tu es accusé de meurtre. Je ne veux plus que tu prononces un mot ni que tu touches à quoi que ce soit.

Qui aurait imaginé que mon père m'obéirait ? Et pourtant, c'est bien le cas puisqu'il hoche la tête et s'assied passivement dans mon fauteuil attitré – une bergère à oreilles en cuir.

Lorsque je retourne dans le vestibule, le Dr Drésin s'apprête à partir.

— Je vous envoie l'employé des pompes funèbres ? propose-t-il.

— Pas avant que mon oncle vous en ait donné l'ordre. Il ne va d'ailleurs pas tarder.

— Débrouillez-vous sans moi, bougonne-t-il. Je veux bien me charger d'avertir la femme de ce pauvre homme, mais le reste n'est pas de mon ressort.

Je n'ai pas refermé la porte sur lui que la sonnette retentit avec insistance. Ouvrant de nouveau le battant, je me retrouve nez à nez avec ma mère. Je pensais que le climat s'envenimerait à son arrivée. En réalité, elle fait montre d'un calme olympien.

— J'ai croisé Alban en chemin, il m'a priée de te dire qu'il emmenait Corentin et Rimbaud chez sa tante Sylvie, me lance-t-elle depuis le perron.

— Ah, c'est vous, Irène ! intervient Joseph. J'ai une très mauvaise nouvelle à vous annoncer. Votre mari a fait une grosse bêtise.

— Alban m'a tout expliqué à l'instant. Mais chut ! Ne prononcez plus un mot, on pourrait nous entendre.

Elle n'a pas tort. Le marché forain bat toujours son plein. La place de la Mairie grouille de monde. Dans ce village où les langues vont bon train, mieux vaut rester à l'abri des oreilles indiscrètes.

— Dépêche-toi d'entrer, l'imploré-je.

— Où est Franck ? nous interroge-t-elle, une fois à l'intérieur.

— Dans le salon.

— Personne ne prépare le repas ?

— Je m'en occupe, lui répond Véronique, qui se fait entendre depuis les profondeurs de la cuisine. Est-ce que des sandwichs au poulet vous conviendraient ?

— Vu les circonstances, ce sera parfait, marmonne ma mère.

Poussant un grand soupir, elle enjambe le corps de Guézennec.

— Il est mort ? s'enquiert-elle.

— Entièrement, de la tête aux pieds, réplique Joseph.

— Pourquoi, mais pourquoi n'est-il pas allé se faire trucider ailleurs ? ronchonne-t-elle avant de filer au salon.

Je n'ai pas le loisir de remercier mon amie Véronique pour sa contribution que le brigadier-chef nous rejoint. Je ne courberai pas l'échine devant ce quadragénaire au physique imposant et aux cheveux noir de jais émergeant de son képi. Ses petits yeux sombres, renfoncés sous une épaisse barre de sourcils broussailleux, peuvent toujours me fixer avec sévérité – comme c'est actuellement le cas –, je ne détournerai pas le regard.

— Encore vous, mademoiselle Beaumont ! tonne-t-il. Vous vous êtes de nouveau fourrée dans un sac d'embrouilles, à ce que je vois.

— Je n'ai rien fait pour ça.

— Économisez votre salive, mademoiselle Beaumont, on connaît la chanson. Mais toujours est-il que les macchabées tombent comme des mouches autour de vous.

— C'est vrai que Jade s'est forgé un palmarès impressionnant depuis son arrivée au village, constate son neveu sur le ton du parfait lèche-bottes. Entre vite, tonton. Il ne faudrait pas que tu attrapes la grippe.

— Pas maintenant, fiston, décline son oncle tout en s'accroupissant devant la porte. Pendant que j'inspecte la serrure, profites-en pour prendre des photos de la scène de crime. On en aura besoin pour le rapport.

— Tout de suite, tonton.

Très bonne idée ! Je vais en faire autant.

— Il n'y a aucune trace d'effraction, tranche le brigadier-chef qui s'est redressé.

Et tandis que son neveu et moi immortalisons le cadavre avec nos smartphones, il tourne autour de nous tel un busard.

— Je devine que cette grosse pierre est l'arme du crime, réfléchit-il à voix haute. Malheureusement, elle est trop imbibée de sang pour que nous y trouvions des empreintes.

Des anges passent. À ma grande surprise, Joseph n'ouvre pas la bouche pour nous rappeler que mon père a marqué de son sceau ledit caillou. C'est plutôt chouette de sa part de ne pas le désigner comme le parfait coupable.

— Pauvre Guézennec, il est dans un sale état, on ne l'a pas loupé, poursuit Paul Jégou. J'aimerais bien savoir qui a fait le coup.

— Justement, à ce propos, il se trouve que nous tenons quelqu'un qui…

— Surveillez vos paroles, Joseph, me récrié-je, de peur qu'il ne traite mon père de meurtrier. À partir de maintenant, je ne laisserai plus passer un seul mot de travers.

— Le père de Jade est impliqué dans l'affaire, reformule le jeune policier. Nous l'avons surpris avec l'arme du crime dans les mains à notre retour de promenade.

— Où est-il ? rebondit son oncle. Je veux l'interroger.

— Dans le salon.

— Nous vous y attendons, résonne la voix de ma mère depuis la pièce adjacente.

— Elle est là, elle aussi ?

La question du brigadier-chef n'est que pure rhétorique. Toutefois, je mets un point d'honneur à y répondre par l'affirmative.

— Allons-y, fiston, ajoute-t-il d'un ton bourru. Et vous, mademoiselle Beaumont, je vous saurais gré de rester en dehors de mon enquête. Je vous ai à l'œil.

Comme à son habitude lorsqu'il souhaite imposer sa loi, il positionne deux doigts en V devant ses yeux, puis pointe un index menaçant vers moi. Même pas peur !

— Certainement pas, me rebiffé-je. Considérez-moi comme l'avocat de mon père. À ce titre, je compte bien assister à son interrogatoire.

Haussant les épaules, Paul Jégou se dirige droit vers le salon. Joseph et moi lui emboîtons le pas. Je croise les doigts pour que mon père sorte blanchi de cette affaire.

ENA FITZBEL

Chapitre 11

De style colonial, le salon a toujours été l'un de mes endroits favoris aux Ibis, avec son mobilier noir laqué, ses tissus en peaux d'animaux, ses filets de pêche tendus sur des murs blancs, ses bibelots hétéroclites et sa superbe barre de gouvernail fixée à un pied en bois. Le restera-t-il ? La confrontation houleuse qui se profile risque d'y apposer son empreinte nauséabonde.

Nous y rejoignons mes parents. Lesquels cessent leurs messes basses à notre arrivée. Après les salutations d'usage, le brigadier-chef s'assied en face d'eux. Son neveu et moi nous installons de part et d'autre de lui, de sorte que nous nous retrouvons tous autour d'une petite table en forme de coffre de pirate. Ainsi que le veut la procédure, mon père est sommé de décliner ses identité et adresse.

Il n'a plus du tout l'air bouleversé. Comme si cette histoire de cadavre relevait d'un lointain passé. Son détachement pourrait choquer ceux qui ne le connaissent point. Pour l'avoir entendu me répéter que les émotions n'avaient pas leur place dans la vie d'un scientifique, j'ai appris à m'y accoutumer.

— Je vais vous indiquer des personnes qui pourront attester de mon honorabilité, achève-t-il.

Les noms des collègues qu'ils énumèrent avec emphase auraient impressionné quiconque évolue dans le milieu de la recherche en minéralogie. Comme il fallait s'en douter, ils laissent les Jégou de marbre. Voyant que Joseph écrit frénétiquement sur son carnet, j'active l'enregistreur vocal de mon smartphone, afin de ne pas perdre une miette de l'entretien.

— Votre fille et mon neveu vous ont trouvé près de la victime avec l'arme du crime entre les mains, monsieur Beaumont, attaque le brigadier-chef.

— Ce qui ne prouve absolument rien, s'oppose ma mère, qui jusqu'à présent avait réussi la prouesse de garder le silence.

— Que les choses soient bien claires ! souligné-je avec force. Mon père n'a pas tué Guézennec.

— Je ne veux plus vous entendre, mesdames, s'agace Paul Jégou.

Monsieur Beaumont, c'est très mal d'assassiner des gens sans défense. Pouvez-vous nous expliquer quel coup de folie vous a pris ?

— Objection ! m'écrié-je. Mon père n'est en aucun cas un fou sanguinaire.

— Il est aussi inoffensif qu'un chaton, approuve ma mère.

— Mon oncle souhaite juste que M. Beaumont lui donne sa version des faits, explicite Joseph, tout fier de pouvoir recadrer l'interrogatoire.

— C'est simple, messieurs les policiers ! commence mon père qui, décidément, a recouvré toute sa superbe. J'étais à l'étage. Je finalisais une publication scientifique quand j'ai entendu du bruit au rez-de-chaussée. Je n'y ai tout d'abord pas prêté attention. Je pensais que c'étaient ma fille, ma femme ou même leurs amis qui revenaient de promenade. Mais lorsqu'il y a eu ce cri affreux, je suis descendu et j'ai trouvé un cadavre dans le hall.

Loin de se satisfaire de ce témoignage, le brigadier-chef entre dans une colère noire :

— Vous croyez que vous allez vous en tirer aussi facilement, monsieur Beaumont ? beugle-t-il, fronçant son monosourcil. Il m'en faut plus si vous voulez que je gobe votre alibi.

— Mon oncle souhaite que vous soyez plus précis dans vos déclarations.

— C'est ça, fiston ! Reprenons depuis le début, monsieur Beaumont. Où étiez-vous exactement et que faisiez-vous avant le meurtre ?

— Inutile de hausser le ton, m'offusqué-je.

— Mon oncle exprime sa contrariété. Il en a parfaitement le droit en tant que chef de la police de Foisic.

— Que dirait-il d'une infusion à la camomille ? persifle ma mère. Ça lui calmerait les nerfs.

— Pas besoin de tisane, la rembarre Paul Jégou. Répondez à ma question, monsieur Beaumont. Je vous écoute.

— Puisque vous y tenez ! soupire mon père. J'étais seul dans ma chambre. La chambre en face de celle de ma fille. Je peaufinais une publication pour le *Journal of Analytical Atomic Spectrometry*. Je peux vous en parler plus en détail si vous le désirez…

— Non merci, continuez.

— C'est là que j'ai entendu du bruit en bas.

— Quelle sorte de bruit ? l'interroge Joseph.

— Des voix.

— Décidément, il faut vous arracher les mots de la bouche, s'énerve le brigadier-chef. Des voix d'hommes ou de femmes ?

— Comment voulez-vous que je le sache ? J'étais en plein travail.

— Je puis vous assurer que mon mari ne ment pas, précise ma mère. Quand il est plongé dans ses chiffres et ses formules, rien ne peut le déranger.

— Mon œil ! fulmine Paul Jégou avant de repartir à la charge. Dans ce cas, pourquoi avoir réagi quand il y a eu ce cri dont vous nous avez parlé ?

— Il était effroyable, réplique mon père, la bouche tordue en une grimace de dégoût. C'était un mélange de râle et de hurlement. J'ai même cru qu'on égorgeait un animal.

— Quelle heure était-il à ce moment-là ?

— Je n'en sais fichtre rien… J'ai donc ouvert la porte de ma chambre et j'ai dressé l'oreille. Le cri avait cessé.

— Avez-vous entendu d'autres bruits, comme des claquements de talons ou de portes ? insiste le brigadier-chef.

— Non… Mais maintenant que j'y pense, il y avait ces raclements de gorge qui n'en finissaient pas. Sur le coup, je me suis dit que celui qui avait hurlé était en train de s'étouffer. Je l'ai hélé pour lui demander si ça allait. Personne ne m'a répondu, mais les raclements de gorge se sont espacés. Devenus moins sonores, ils ressemblaient à une petite toux. C'est là que j'ai compris qu'il se passait quelque chose de louche en bas. J'ai descendu l'escalier en menaçant le ou les intrus d'appeler la police. Puis j'ai remonté le couloir, et je l'ai vu. Un corps baignant dans son sang.

— Il est manifeste que mon mari n'est pas l'assassin, conclut ma mère, catégorique.

— Vous me paraissez être un homme intelligent et plein d'esprit, monsieur Beaumont, riposte le brigadier-chef, feignant d'ignorer cette dernière. Alors, expliquez-nous comment la victime et le meurtrier fantôme ont pu pénétrer dans ce manoir si vous ne leur avez pas ouvert.

Mince alors ! Avec cette simple remarque, l'alibi de mon père part en fumée. Mes parents ont dû certainement détecter cette faille et la colmater quand ils étaient seuls dans le salon, car mon père ne marque aucune hésitation.

— Avant d'entamer la rédaction de mon article, j'étais sorti au jardin. Je voulais m'oxygéner le cerveau afin d'accroître ma productivité. J'ai dû oublier de verrouiller la porte en rentrant.

— Les grands chercheurs sont tellement distraits ! ironise ma mère. Cela lui arrive si souvent que je suis constamment obligée de vérifier les serrures après son passage.

— Admettons ! grommelle le brigadier-chef. Mais pourquoi avoir ramassé le caillou qui avait servi à tuer M. Guézennec.

— Ce n'est pas un simple caillou, monsieur Jégou, s'indigne mon père, piqué au vif. C'est une géode d'améthyste, une pierre de toute beauté. On n'a pas le droit de la traiter ainsi.

— C'était vraiment triste de la voir dans un état pareil. Je compatis avec vous, monsieur Beaumont, abonde Joseph.

— Reste concentré, fiston, et évite de t'apitoyer sur notre suspect, le rabroue son oncle.

— Je ne pense pas que M. Beaumont soit le coupable, tonton. Si tu me laissais quelques jours avant d'écrire ton rapport, je pourrais le prouver.

Devant l'énormité de cette proposition, je demeure sans voix. Un étrange silence s'établit dans le salon. Je ne m'attendais pas à ce que Joseph se rallie à notre cause. Je redoutais même qu'il n'évoque les propos tenus par mon paternel la veille, lorsqu'il suggérait que Guézennec mériterait de recevoir une géode d'améthyste sur le coin du crâne.

Mon père, habituellement si imbu de sa personne, semble déconcerté. Ses sourcils se sont froncés, signe d'une perplexité sincère. Ma mère reste bouche bée. Son sourire narquois s'est évaporé, remplacé par une expression d'incrédulité. Quant aux yeux du brigadier-chef, ils ont triplé de volume tant ils se sont arrondis. J'imagine qu'il n'adhère pas à l'idée de son neveu.

— Que risqueriez-vous à accepter, brigadier ? finit par dire ma mère. Mon mari ne prendra pas la fuite, si c'est ce qui vous inquiète.

— J'aiderai Joseph à trouver le vrai coupable, m'immiscé-je.

— Vous ? tonne Paul Jégou, son monosourcil faisant du yo-yo sur son front.

— Ne sous-estimez pas ma fille, s'offusque ma mère, affichant un air fâché. Elle a déjà aidé à résoudre des enquêtes.

À la suite de quoi, le brigadier-chef éclate de rire. Scepticisme et amusement s'expriment là en cette explosion d'hilarité très vexante.

— C'est grâce à Mme Beaumont et à sa fille qu'on a arrêté le meurtrier de l'ancien facteur, nous appuie Joseph.

— Je n'étais pas au courant de cette histoire, s'étonne mon père, de plus en plus décontenancé.

— C'est d'accord, fiston, je te donne carte blanche jusqu'à dimanche minuit, cède Paul Jégou. Fais-toi aider par qui bon te semble, je ne veux rien savoir. Et vous, monsieur Beaumont, vous êtes prié de ne pas quitter ce manoir.

Sur ce, il se lève et s'en va, nous abandonnant avec le cadavre.

— Les sandwichs sont prêts, nous annonce Véronique depuis la cuisine, une fois que la porte d'entrée s'est refermée sur le brigadier-chef.

— Génial ! Tous ces événements m'ont donné une faim de loup, jubile Joseph, aux anges.

Je n'en reviens toujours pas qu'il ait pris la défense de mon père. Lequel lui doit une fière chandelle. Peu s'en est fallu que Paul Jégou l'inculpe pour un meurtre qu'il n'a pas commis. Il n'empêche que mes inquiétudes persistent. Le temps presse, et les preuves contre lui sont accablantes. La vérité est notre seule planche de salut, mais où la trouverons-nous ?

ENA FITZBEL

Chapitre 12

Après avoir été soumis à un stress continu, nous avions tous besoin de décompresser. Moi, la première. N'est-ce pas chez moi que Guézennec est venu se faire assassiner ? Les sandwichs à l'anglaise préparés par mon amie nous offrent un instant de relative détente.

Le brigadier-chef parti, nous nous installons dans la cuisine. Chacun, à sa façon, se remet de ses émotions. Mon père s'emploie à lustrer sa précieuse géode d'améthyste plutôt que de toucher à son assiette. Par manque d'appétit, Véronique et moi nous limitons à quelques bouchées. À l'inverse, Joseph se défoule sur la nourriture, mastiquant sans relâche. Ma mère, quant à elle, déverse un flot diluvien de paroles, censé noyer ses angoisses.

— C'est vraiment sympa à vous, Joseph, de ne pas avoir évoqué devant votre oncle notre petit différent avec la victime, devise-t-elle. D'un autre côté, nous n'avions rencontré le macchabée qu'hier. Nous avions à peine échangé deux ou trois mots avec lui.

— M. Beaumont a... Scrontch... tout de même critiqué ses fruits, souligne Joseph entre deux bouchées.

— Mon mari a juste cité un proverbe. *Le plus beau fruit peut cacher un ver*, je crois bien me souvenir. Guézennec a aussitôt pris la mouche, se sentant visé. Mais cela n'est pas allé plus loin.

— M. Beaumont a aussi... Scrontch... dit qu'il mériterait de...

— De recevoir une améthyste sur la tête, rebondit ma mère. Il plaisantait, bien sûr. En somme, Franck n'avait aucune raison d'en vouloir mortellement à ce pauvre homme, et vice-versa. Je suis d'ailleurs passé devant son étal tout à l'heure. Nous nous sommes salués cordialement...

— Tu l'as croisé ce matin ? m'écrié-je, interrompant son incessant babillage. Pourquoi n'en as-tu pas parlé lors de l'interrogatoire ?

— La vraie question serait plutôt de savoir quand ? intervient mon père. Quelle heure était-il quand tu l'as vu, Irène ?

— Laissez-moi réfléchir... Ah oui ! Il était dix heures et trente-cinq minutes. Je m'en souviens parfaitement parce qu'au même moment la cloche de l'église sonnait la demie. J'ai regardé ma montre et me suis fait la remarque que l'horloge retardait. Une telle négligence me surprend de la part du curé…

Et bla-bla-bla, ça reprend ! De digression en digression, ma mère explore un véritable labyrinthe de sujets. Mais aucun indice ne s'en dégage, si ce n'est que Guézennec tenait un stand juste en face de mon manoir et qu'il était encore vivant à dix heures trente-cinq.

Qu'est-ce qui a poussé ce type à se rendre chez moi ? À y entrer ? Le tueur le suivait certainement de très près. Il en a profité pour perpétrer son crime à l'abri des regards, avant de filer à l'anglaise. Et puisqu'il est question de meurtre, et donc de cadavre, j'aimerais souligner à quel point les relents de corps en décomposition m'incommodent. Suis-je la seule à avoir l'odorat fin ? Il se pourrait d'ailleurs que ce soit la raison pour laquelle je finis par sortir de mes gonds.

— Mais bon sang ! explosé-je. Ça ne gêne personne qu'il y ait un homme mort à quelques mètres de nous ?

— On fait avec, soupire ma mère, pragmatique.

— C'est un mauvais quart d'heure à passer, ajoute mon père, haussant les épaules.

— Je ne trouve pas ça très hygiénique, se plaint Véronique avec une grimace écœurée.

— C'est le moins que l'on puisse dire, pesté-je, mal lunée. Encore heureux que Rimbaud ne soit pas là… Que fait la police, je vous le demande ? Je sais, elle s'empiffre.

— Du calme, ma vieille… Scrontch… Le croque-mort ne va pas tarder… Scrontch… Mon oncle a promis de l'appeler.

Résonnant en échos aux propos de Joseph, le carillon de l'entrée retentit.

— Enfin, ce n'est pas trop tôt ! m'exclamé-je, avant de bondir de ma chaise.

Me pinçant le nez, je m'élance vers le vestibule, contourne le corps de Guézennec et ouvre la porte. Un Alban hors d'haleine se tient sur le perron.

— Il reste quelque chose à manger ? me demande-t-il, après avoir déposé un tendre baiser sur ma joue.

— Joseph n'a pas encore tout engouffré, mais ça ne saurait tarder.

Ces quelques mots sont aussi puissants qu'une catapulte. Ni une ni deux, mon fiancé se propulse à la cuisine sans même se soucier du cadavre. Je m'apprête à refermer la porte lorsque j'aperçois Kévin Robin sur le perron. La carrure athlétique d'Alban l'avait dérobé à mes regards.

— Quand je vous disais qu'on se reverrait ! me confirme le jeune homme au visage un chouïa moins angélique depuis qu'il est affublé d'une épaisse moustache.

— Le brigadier-chef vous a-t-il expliqué la situation ?

— Il m'a demandé d'aller chercher un client aux Ibis, me répond-il, brandissant un sac mortuaire noir dans une main et un seau dans l'autre. Et me revoilou !

— Soyez le bienvenu, Kévin, l'accueille ma mère qui nous a rejoints. Dépêchez-vous d'entrer, on nous observe.

Effectivement, un attroupement s'est formé devant la grille de ma propriété. Misère ! Mon manoir attire presque plus de badauds que les stands de la place. ILS SAVENT. Radio Ragots-Potins n'a pas traînaillé, les gens sont au courant de tout. C'est bien ma veine. Alors même que je commençais à m'intégrer au village, je redeviens persona non grata. Comment suis-je supposée réagir ? Faut-il que je salue la foule à la manière de feue la reine Élisabeth II d'Angleterre, avec un sourire crispé et en agitant mollement la main ? Ce serait *too much* !

— Ils n'espèrent tout de même pas qu'on leur organise des visites guidées ! maugréé-je.

— Que voulez-vous ? Les gens sont curieux de tout par chez nous, soupire le croque-mort tout en s'essuyant les pieds sur le paillasson. Mais je ne pense pas que ce soit le moment de leur ouvrir votre manoir. D'un autre côté, vous pourriez en faire payer l'accès et en tirer du profit.

Là-dessus, il s'avance d'un pas mal assuré, trébuche, et dans un effort héroïque pour retrouver l'équilibre, il fait une entrée fracassante dans le vestibule. Un peu plus, et il s'étalait de tout son long sur le cadavre.

— Faites attention à vous, l'avertit ma mère avec sarcasme. Nous ne voudrions pas que vous deveniez notre prochaine *attraction*.

— Dieu m'en préserve !

Les bras ballants, je regarde le croque-mort sortir une serpillière de son seau et se mettre à quatre pattes. Animé d'une ferveur démesurée, il éponge la flaque de sang et frotte le parquet à n'en plus finir. Il ne faudra pas s'étonner si mon sandwich danse la gigue dans mon estomac.

— Vraiment, Kévin, vous n'êtes pas du genre à chômer, vous ! le complimente ma mère, nettement moins chamboulée que moi. Entre les macchabées et les pizzas, vous n'arrêtez pas, mon bon ami.

— Je suis également chauffeur de taxi à l'occasion.

— Et tout ça, grâce à votre joli corbillard. Impressionnant ! feint-elle de s'émerveiller.

— Bah ! Il faut bien gagner sa croûte, madame Beaumont.

— Certes, certes… Mais je ne puis que m'incliner devant votre savoir-faire. Vous avez une palette de compétences remarquable.

— Disons que ces diverses facettes de mon activité me permettent de rencontrer toutes sortes de gens…

— Des morts comme des vivants, lâché-je bêtement avant de me mordre la langue.

— Tout à fait, Jade. De vous à moi, je préfère les morts. Ils sont moins pénibles… Voilà, c'est nettoyé, décrète le croque-mort, s'attelant maintenant à déployer la housse de corps.

— Pénibles, comme ce monsieur ? hasarde ma mère.

— Ça oui ! Si vous saviez le nombre de querelles qu'il a provoquées depuis son installation au village. Tenez, rien que ce matin, je devais apporter une pizza à M. Rouillac. Vous voyez de qui je parle ?

— Pas du tout.

— Le brocanteur, répond Kévin, se débattant toujours avec le sac mortuaire. Sa boutique se situe sur la place du Pêcheur, à côté de la bibliothèque municipale. Mais à cause de sa participation au marché forain, il ne s'y trouvait pas. La mairie lui ayant attribué un emplacement contigu à celui qu'occupait feu Guézennec, j'ai effectué ma livraison sur son stand, et non à son magasin. Vous me suivez toujours ? Donc, j'arrive avec sa pizza aux fruits rouges, il en mange souvent au petit-déjeuner. V'là-t'y pas que le Guézennec se dispute comme un chiffonnier avec une vieille dame sans défense.

— Filomena Dubois ? avance ma mère.

— En fait, je l'ignore. Toutes ces vieilles dames se ressemblent tellement qu'on ne peut pas les différencier. Pour en revenir à notre histoire, j'ai dû intervenir. Guézennec était sur le point de coller une beigne à sa cliente.

Vous vous rendez compte ?

— C'est moche, en effet.

— Et je ne vous parle même pas de l'état dans lequel il a mis Yvon. Yvon Briand, le marchand de pizzas. On s'appelle par nos prénoms. Devinez quel coup vache il lui a fait…

Alors que le croque-mort se disposait à déplacer le cadavre pour l'insérer dans la housse de corps dépliée, un bruit sinistre retentit et le force à interrompre son récit. Le cœur au bord des lèvres, je détourne les yeux. Un silence entrecoupé de ahanements, de craquements d'os et de froissements de tissus s'établit. Même ma mère n'ose le troubler. À bien y regarder, elle est livide.

— C'est bon, j'ai terminé, l'affaire est dans le sac, nous annonce Kévin tout en haletant. De quoi je parlais déjà ?

— Le marchand de pizzas… dans un drôle d'état, bredouille ma mère d'une voix blanche.

— Oui, c'est ça. Yvon était très remonté contre Guézennec parce qu'il lui avait piqué son emplacement au marché. Lorsqu'il a voulu installer son stand ce matin, l'autre l'occupait déjà et lui a conseillé d'aller se faire pendre. Je ne vous raconte pas, Yvon était en pétard à cause du manque à gagner. Forcément, il a perdu beaucoup de clients… Bon, j'y vais.

À partir de cet instant-là, je m'autorise à regarder dans sa direction. Il a hissé le sac tristement garni sur son épaule. Je n'aurais jamais imaginé qu'un jeune homme aussi frêle aurait la force de porter un type du gabarit de Guézennec.

— Où l'emmenez-vous ? s'enquiert ma mère.

— À l'église. Dans la chambre froide du curé, pour que les gens puissent lui faire leurs adieux.

— Mon petit doigt me dit qu'il n'y aura pas grand-monde.

— Pour sûr non, réplique Kévin en prenant l'air désolé. Ils préféreront vous rendre visite et vous remercier de les avoir débarrassés de lui.

— Attendez une seconde ! me récrié-je. Nous n'avons tué personne. Cet homme est venu se faire assassiner ici sans nous demander notre avis.

— Ça revient au même.

Sur ces mots peu rassurants, il nous quitte, son seau dans une main et le sac mortuaire sur l'épaule.

— Il faudra s'occuper de cette vilaine tache de sang sur ton parquet, déplore ma mère.

— Je me suis permis d'appeler Prigent, intervient Véronique, qui montre le bout de son nez.

— Étienne ou Lucien ?

— Henri, leur remplaçant.

Et tandis que mon amie explique à ma mère pourquoi les frères Prigent ont cédé leur entreprise de peinture à leur cousin, je raccompagne Kévin jusqu'au portillon de mon jardin, lui évitant de trébucher un bon nombre de fois. Singulièrement silencieuse, la foule massée sur le trottoir s'écarte pour laisser le croque-mort rejoindre son corbillard. Je m'apprête à retourner dans mon manoir lorsqu'un « Hip hip hip hourra ! » fuse, suivi de vivats.

— Z'avez bien fait d'l'zigouiller... Le Guézennec, y nous embêtera plus... Y'en fallait du courage pour l'dézinguer... C'était un gros morceau... Bravo Jade... Vive son père... Y'mériterait qu'on lui fasse une statue...

Je n'avais jamais tenu de conférence de presse jusqu'à aujourd'hui, mais il n'est jamais trop tard pour s'y mettre. Je pivote sur mes talons et fais ainsi face à l'attroupement. Les hourras redoublent. Levant les mains au ciel tel un homme politique souhaitant que son auditoire se taise, je réussis à imposer le silence à toutes ces bonnes gens.

— Mes chers amis, merci pour votre soutien, mais j'aimerais clarifier les choses. Ni mes parents ni moi n'avons touché ne serait-ce qu'un cheveu de Stéphane Guézennec. Il est venu se faire assassiner dans mon manoir. Tout seul, comme un grand !

À la suite de quoi, je récolte un tonnerre d'applaudissements. Eh zut ! Autant parler à un mur. Frustrée, je cours m'enfermer chez moi.

Chapitre 13

Les deux heures qui suivent le départ du croque-mort ne m'apportent aucune quiétude. Je ne parviens pas à me poser une seule seconde. Mon carillon n'aura jamais autant sonné. Débordant de gratitude, les villageois se pressent à ma porte. À les en croire, je les aurais débarrassés du pire casse-pieds, ce dont ils me sont redevables. Toutes les fois, c'est la même rengaine, je m'efforce de leur expliquer que mon manoir n'abrite aucun meurtrier.

Une chose est sûre, nous ne mourrons pas de faim. Gâteaux et bons petits plats ne cessent d'affluer en guise de remerciements pour – je cite – bons et loyaux services rendus à la communauté. Sans mentir, je n'avais jamais connu quelqu'un d'aussi exécré que Guézennec.

Cette constatation ne nous simplifiera pas la tâche. La liste des suspects est plus longue que le bras. Joseph a alors l'idée lumineuse de fonctionner avec un mur d'investigation, comme dans les films policiers. S'étant souvenu que de vieux tableaux noirs à roulettes étaient entreposés au sous-sol de l'école, Alban court en chercher un. Aidé de deux grands gaillards qui faisaient le pied de grue sur le trottoir, il nous le rapporte. Nous l'installons dans un coin du salon et, après avoir poussé chaises, canapés et fauteuils, nous nous asseyons tous devant. Mes parents, Joseph, Véronique, mon fiancé et moi. Corentin et Rimbaud, qui nous ont rejoints dans l'après-midi, sont aussi de la partie, tout excités de participer à l'enquête.

— Laissez-moi vous expliquer ce qu'est un mur d'investigation, commence le policier, debout devant le tableau et nous toisant de toute sa hauteur.

— On le sait déjà, bougonne Alban.

— Pure perte de temps, soupire mon père.

— Écoutons-le, tempère ma mère que je soupçonne de s'amuser comme une folle.

— D'aucuns pourraient penser que tout ceci est inutile, déclare Joseph pompeusement. Mais étant donné le nombre de personnes qui avaient des raisons de s'en prendre à Guézennec, nous n'y couperons pas. À mesure que nous recueillerons des indices et des témoignages, nous les consignerons sur ce tableau. Durant toute l'enquête, il sera notre boussole.

Grâce à lui, nous débusquerons le tueur…

En voilà un qui adore s'écouter parler. Par chance, Bibi – c'est moi – a décidé de passer à l'action. Aussi quitté-je mon fauteuil. Munie d'un bâton de craie blanche, je dessine un cercle quelque peu irrégulier au centre du panneau d'ardoise et écris le nom de Guézennec à l'intérieur.

— La victime, commenté-je.

— Hé, pas si vite ! proteste Joseph. Je n'ai pas terminé mon exposé.

En parfait professeur des écoles, Alban me rejoint au tableau et trace des rectangles à sa périphérie. Avec une craie rouge, je tire des traits entre chacun d'eux et mon patatoïde « Guézennec ». Refusant de se laisser supplanter, Joseph se hâte de remplir le rectangle en haut à droite.

« Mevel et ses adeptes – Fontaine miraculeuse », écrit-il dedans.

— Qui est ce Mevel ? Un gourou ? s'enquiert mon père. Et quelle est cette histoire de fontaine magique ?

— Pierre Mevel est le guérisseur du village. Et la fontaine appartient sans doute à une vieille légende bretonne. N'est-ce pas, Jade ?

Ce disant, ma mère me jette un regard alarmé plein de sous-entendus.

— En fait non, la corrige Joseph, plus véloce que moi. C'est en rapport avec la fosse…

Je lui envoie un coup de coude dans les côtes, qui le coupe dans ses élans, et me dépêche de fournir à mon père des explications à deux niveaux de compréhension. D'une part, je satisfais sommairement sa curiosité, lui révélant que Guézennec voulait taxer l'eau d'une source qu'il estimait sienne. De l'autre, j'honore la promesse faite à ma mère.

Hier soir, au moment du coucher, elle était venue me voir dans ma chambre et nous avions beaucoup discuté sous l'œil attendri de Rimbaud. Après m'avoir confirmé qu'elle n'avait pas raconté à mon père ce qui se tramait à Foisic, elle m'avait expressément demandé d'œuvrer pour le maintenir dans une bienheureuse ignorance. De mon côté, je l'avais mise au courant des derniers événements. La fontaine miraculeuse en faisait partie. Nous avions ensuite convenu que nous continuerions de mentir à mon père, même si cela constituait en soi un pacte diabolique. L'adversité a ce pouvoir-là sur les gens. Presque toujours elle les pousse à bafouer la morale…

— Il ne faudrait pas oublier la femme de la victime, intervient Corentin, sautillant comme une puce sur son fauteuil. Dans les romans, c'est souvent elle la meurtrière.

— Whouaf ! approuve mon chien.

Je m'attendais à ce qu'Alban intime à son neveu de se taire. Au lieu de cela, il acquiesce et inscrit « Mme Guézennec » dans le rectangle en haut à gauche.

— Il y a peu de chances que ce soit elle, conteste Joseph. Avec son métier de visiteuse médicale, elle est constamment en déplacement.

— Tant qu'on n'aura pas vérifié son emploi du temps, il faudra la laisser parmi les suspects, le contredit ma mère.

— La vieille dame qui s'est disputée avec Guézennec à son stand, articulé-je tout en recopiant ces mots dans le rectangle du bas. Il l'a molestée ce matin. Elle aurait peut-être cherché à se venger.

— Le croque-mort qui a assisté à la scène a été incapable de l'identifier, déplore ma mère. Mais M. Rouillac a également été témoin de l'agression.

Sur ce, j'ajoute « Interroger le brocanteur ».

— N'oublions pas Yvon Briand, le marchand de pizzas, à qui Guézennec a volé son stand, poursuit ma mère.

Aussitôt, Joseph recopie sa proposition en bas à droite du tableau.

— Tu es au courant de tout, toi ! s'exclame mon père qui regarde ma mère d'un air d'affectueux reproche.

— Mme Beaumont est très intelligente, lui explique Corentin, posant sur elle des yeux remplis d'admiration.

— Irène a le contact facile, les gens n'hésitent pas à se confier à elle, renchérit Véronique avec gentillesse.

— Ah ! Ces psychologues ! soupire mon père, en référence au pedigree de ma mère.

Car avant d'ouvrir une galerie de peinture dans le quartier du Marais à Paris, il y a une bonne dizaine d'années, elle exerçait le métier de psychologue. Forcément, elle a conservé quelques réflexes de cette période où elle triturait le cerveau de ses patients, comme celui de tirer les vers du nez d'autrui.

— Il règne un tel climat de *schadenfreude* dans ce village que l'on pourrait facilement inclure tous ses habitants dans la liste des suspects, dit ma mère qui élude ainsi le sujet.

— *Schadenfreude*, c'est de l'allemand ? demande Corentin.

— Oui, mon garçon. C'est un terme que nos voisins germaniques emploient pour désigner cette joie malsaine que l'on ressent face au malheur des autres.

— Bon, voyons où nous en sommes, annoncé-je, essayant d'ignorer leur petit aparté. Ma mère dit avoir salué un Guézennec bel et bien vivant à dix heures trente-cinq. Et à midi, en rentrant aux Ibis, nous avons trouvé son cadavre encore tiède.

— Je le note, rebondit Joseph qui joint le geste à la parole. Cette information nous permettra d'écarter ceux qui disposent d'un alibi pour cette plage horaire.

« Jour et heure du crime : mercredi 11 novembre entre 10 h 35 et 12 h », peut-on maintenant lire sur le tableau.

— Cette estimation est trop large, réfute Alban tout en tournant lentement son bâton de craie entre ses doigts pour en observer les détails. Mettons que, dans le meilleur des cas, Guézennec se soit rendu au manoir de Jade juste après sa rencontre avec Irène. En marchant d'un pas normal, il lui aura fallu cinq bonnes minutes pour l'atteindre et y entrer.

Comme il marque une pause, Joseph en profite pour actualiser les données du mur d'investigation. À l'aide d'un vieux mouchoir tiré d'une poche, il efface « 10 h 35 » et le remplace par « 10 h 40 ».

— M. Beaumont a dit avoir entendu une bagarre au rez-de-chaussée, reprend Alban. Si on estime que cette altercation n'aura pas duré plus de cinq minutes. Cela nous amène à onze heures moins le quart.

Une fois encore, Joseph entre en action. Il frotte vigoureusement la mention « 10 h 40 », créant un petit nuage de poussière de craie autour de lui. Après une série d'éternuements sonores et un rire gêné, il parvient enfin à noter « 10 h 45 » à l'endroit précédent.

— Cependant, ce que nous ignorons, c'est combien de temps M. Beaumont est resté en contemplation devant le corps sans vie de Guézennec. Cette donnée pourrait être essentielle.

Les propos d'Alban tombent comme un pavé dans la mare et jettent le trouble parmi nous. Les bâtons de craie demeurent en suspens dans les airs et cessent de crisser sur l'ardoise. Tous les regards se tournent alors vers mon père. Il paraît embarrassé. C'est rare de le voir ainsi, lui qui, d'habitude, est si confiant et si sûr de lui.

— Si seulement je le savais ! soupire-t-il. J'ai peut-être passé cinq minutes… ou une heure auprès de lui. Je n'étais plus vraiment moi-même. Mais que cela soit clair, je ne suis coupable de rien et surtout pas d'un meurtre !

— On te croit, mon chéri.

— Vous étiez en état de choc, vous n'avez rien à vous reprocher, ajoute Véronique d'un ton apaisant.

— Donc, on laisse entre onze heures moins le quart et midi pour l'heure du décès, conclut Joseph.

— Franck, tu as évoqué le fait que le tueur toussait. Peut-être est-ce une piste à creuser ?

« Le meurtrier toussait », recopié-je sur le tableau. « Interroger le médecin. »

— Bien vu, Jade ! applaudit Alban. Si le coupable a la grippe, le rhume ou même des allergies, qui mieux que le Dr Drésin pour nous renseigner ?

Des murmures d'approbation accueillent sa remarque, puis le silence retombe.

— D'autres suspects à envisager ? demande Joseph.

Une avalanche de noms déferle. Celui de Christine Morvan est d'ailleurs souvent cité. Faute d'arguments solides, aucun d'entre eux ne termine sur le mur d'investigation.

— Et maintenant, mettons-nous au travail ! scande ma mère, quittant son canapé. Il n'y a pas une minute à perdre si on veut avoir une chance d'attraper le coupable. Je vais voir quelles informations je peux glaner auprès de mes amies.

— Je viens avec toi, lui dit Véronique.

— Jade et moi irons interroger M. Rouillac, ainsi que les commerçants voisins de Guézennec, intervient Joseph. Profitons-en avant que le marché prenne fin.

— Je vous accompagne, tranche Alban, me saisissant la main pour la serrer fort.

— Moi aussi, ajoute Corentin, relayé par mon chien qui aboie copieusement.

— Il n'en est pas question ! s'écrient de concert Joseph et Alban.

Mais tandis que le policier foudroie du regard mon fiancé, ce dernier fait les gros yeux à son neveu. Contournant l'interdiction, Corentin décrète qu'il suivra ma mère dans ses visites. Laquelle refuse habilement, arguant que certaines conversations ne doivent pas tomber dans les oreilles d'un enfant. Là-dessus, mon père met son grain de sel, formulant le souhait de s'entretenir avec Alban. Une discussion animée et totalement improductive débute. C'est alors que le carillon de l'entrée retentit et me sauve de la crise de nerfs.

Lâchant la main d'Alban, je me précipite dans le vestibule. Rimbaud m'aurait bien emboîté le pas avec force jappements, mais Corentin le prend dans ses bras et le calme. Arrivée à destination, j'ouvre la porte à un jeune homme aux yeux dissimulés derrière d'énormes lunettes de soleil. Au premier coup d'œil, je remarque qu'il est grand, blond comme les blés, très plaisant à regarder et qu'il a lui aussi succombé à la mode de la grosse moustache.

— Bonjour, mademoiselle Beaumont.

Ce disant d'une voix enjouée, presque chantante, il me décoche un sourire d'une blancheur éblouissante. On le croirait sorti d'une publicité pour un dentifrice. Je lui rends son salut d'un signe de tête.

— Je suis Henri Prigent, le spécialiste du revêtement des murs et des sols. On m'a dit qu'il y avait eu une petite fuite d'hémoglobine par chez vous. Je suis là pour réparer les dégâts.

— Ah, c'est vous, le cousin d'Étienne et de Lucien !

Je le détaille rapidement. Il porte un blouson de cuir noir, un jean et un tee-shirt rouge vif, mais pas de mallette ni de trousse à outils. Il paraît moins professionnel que ses prédécesseurs.

— Je sais ce que vous allez dire, je ne leur ressemble pas, lâche-t-il, se méprenant sur ma pensée.

— Ce n'est pas la première chose qui m'est venue à l'esprit. Ravie de faire votre connaissance, monsieur Prigent, j'espère que vous vous plaisez à Foisic.

— Appelez-moi Henri. Oui, je suis comme un coq en pâte ici. Et vous vous êtes probablement rendu compte que j'étais un précurseur de tendances. Celle-là, je l'avais avant tout le monde !

Afin d'illustrer son propos, il lisse du doigt sa moustache.

— Je vois ça.

— Qui sait si le rouge ne reviendra pas à la mode grâce à moi ? ajoute-t-il, tirant sur son tee-shirt.

— Pourquoi pas ? Concernant mon problème…

— La fuite !

Je me détourne et lui montre la tache sur le parquet. S'en approchant avec précaution, il l'examine.

— Je crois que le sang n'a pas eu le temps d'imprégner le bois, observe-t-il. Il faudra tout de même poncer les lattes, les peindre, puis les vernir. Ne vous inquiétez pas pour la poussière, je couvrirai vos meubles de bâches. Vous n'aurez pas à vous plaindre des odeurs, je dresse toujours une cabine de protection autour de la zone à traiter. Mais pour commencer, je vais prendre des mesures afin d'établir un devis.

Ayant retiré ses lunettes de soleil, il se met à l'œuvre. Perplexe, je le regarde déployer son mètre à ruban, noter des chiffres dans son carnet. Il n'a pas posé de questions en rapport avec le meurtre, voilà qui est appréciable ! Aurait-il hérité d'une qualité dont ses cousins sont totalement dépourvus ? La discrétion.

— Et donc, c'est Guézennec qui a fait toutes ces saletés ? demande-t-il soudain.

— J'ai bien peur que oui.

— Ne soyez pas peinée. Il n'a eu que ce qu'il méritait.

— Vous paraissez en connaître un rayon sur lui.

Prenant l'air grave, Henri Prigent chausse ses lunettes de soleil et se redresse.

— Ce type a failli ruiner ma réputation. J'ai récemment fait quelques travaux chez lui. Il m'accuse… m'accusait non seulement d'avoir mal bossé, mais aussi d'avoir couché avec sa femme.

Sur ces entrefaites, ma mère apparaît dans le vestibule. Plutôt que de tourner autour du pot comme je l'aurais fait, elle va droit au but :

— Était-ce le cas, monsieur Prigent ? Mme Guézennec et vous, étiez-vous amants ?

— Je ne vois pas pourquoi je vous répondrais, madame, s'offusque Henri. Et d'abord, à qui ai-je l'honneur ?

— Ma mère ! répliqué-je en guise de présentation.

— Quoi qu'il en soit, vous aviez au moins une bonne raison d'en vouloir à M. Guézennec, insiste la susnommée. Que faisiez-vous ce matin ?

— Je ne l'ai pas tué, si c'est ce que vous souhaitez savoir.

— Répondez à Irène, intervient Joseph qui nous a rejoints. Quel était votre emploi du temps de ce matin ?

— Je travaillais chez Mme Le Magorec. Elle a promis de me loger gratuitement pendant un an si je repeins entièrement sa maison. Vous n'avez qu'à lui demander. J'ai un alibi en béton.

— Béton ou non, nous devrons le vérifier. Ne quittez surtout pas le village.

En attendant, l'inscription « Henri Prigent – Amant présumé de Mme Guézennec » s'ajoutera au mur d'investigation dans la catégorie des suspects.

Chapitre 14

Tant de suspects à interroger, et si peu de temps à notre disposition ! Guézennec a été tué entre onze heures moins le quart et midi. Les alibis, dans le tumulte de cette journée de marché, ne seront pas faciles à vérifier. Les gens ont papillonné de stand en stand. Ont-ils seulement prêté attention à ce qui se passait autour d'eux ? Tout ça n'arrange pas nos affaires. Bref !

Henri Prigent n'en menait pas large quand il s'en est allé. Il n'a pourtant pas de quoi s'en faire. Son alibi paraît solide. En outre, il n'a pas une tête de mauvais garçon. Mais peut-être suis-je juste charmée par son physique avantageux, de sorte que cela influence favorablement mon jugement ?

Immédiatement après son départ, nous démarrons l'enquête, conformément à ce qui avait été initialement prévu. Corentin aurait bien aimé nous assister. C'est compter sans la venue d'Albert, son grand-père, qui trouve les bons arguments pour le convaincre de rentrer. Les devoirs à finir, le cartable du lendemain à préparer, la chambre à ranger...

Nous nous répartissons les rôles de la manière suivante. Ma mère et Véronique s'en vont interroger leur amie Armelle Le Magorec en vue de vérifier l'alibi d'Henri Prigent. Afin de faciliter cette démarche, elles emportent leur arme secrète : Rimbaud, pour qui la logeuse a toujours eu un faible. Cela m'arrange plutôt bien. Puisqu'il a été décidé que j'accompagnerais Joseph au marché, j'épargnerai à mon chien un bain de foule où il ne manquerait pas de se faire piétiner. Alban est sur le point de se joindre à nous lorsque mon père lui met le grappin dessus pour, soi-disant, solliciter ses conseils. Je me demande bien lesquels !

Abandonnant Alban à son sort, Joseph et moi levons le camp. Rien à l'extérieur ne laisse transparaître l'agitation qui a secoué le manoir. Imperturbable, le soleil jette ses derniers rayons sur les parasols des marchands ambulants, les baignant de lumière dorée. L'attroupement qui s'était formé devant chez moi s'est maintenant dissipé. Aussi ne rencontrons-nous pas d'obstacles sur notre chemin. Bien qu'animée, la place de la Mairie attire désormais moins de monde, le bruit des voix s'est atténué, signe que le marché touche à sa fin.

Traversant la rue, nous gagnons le stand de Guézennec. Il n'a pas été démonté, sa marchandise a simplement été recouverte d'une toile. À sa gauche se trouve celui du brocanteur, M. Rouillac, tandis qu'une estrade réservée à l'équipe d'animation borde son côté droit. En face, un étal tout en longueur propose un jeu de pêche aux canards où une dizaine d'enfants déchaînés crient joyeusement, agitant des cannes à pêche que des parents épuisés ont bien du mal à leur ôter des mains.

— Je me charge du père Rouillac, occupez-vous de l'autre, m'ordonne Joseph avant de s'éloigner.

Par l'*autre*, il désigne le tenancier de la pêche aux canards. Mince ! Ce ne sera pas tâche facile. Les bras croisés sur son ventre bedonnant, ses yeux globuleux lançant des éclairs sur la marmaille qui assaille son stand, il a l'air d'en vouloir à la terre entière. Mais que ne ferait pas une fifille dévouée pour innocenter son cher papounet, et ce, même si le papounet en question ne mérite pas ce titre ?

— Bonsoir, monsieur. Je…

— Si c'est pour jouer, vous arrivez trop tard, ma p'tite dame. J'vais bientôt fermer, grogne l'homme avec l'amabilité d'un hérisson qu'on aurait réveillé de sa sieste. Fallait venir plus tôt.

— En fait non, je voudrais juste savoir si vous pourriez me renseigner sur votre voisin d'en face.

— Y'a pas marqué bureau d'information sur mon front. Et d'abord, ça m'rapporterait quoi ?

Ma reconnaissance éternelle, songé-je *in petto*, avant de sortir mon badge rond violet « Les policiers sont sympas » et de le brandir sous son nez.

Joseph me l'avait donné lorsqu'il souhaitait que je l'épaule dans la précédente affaire.

— Je me présente, je suis conseillère honoraire de la police de Foisic. Aussi ai-je tout pouvoir pour enquêter sur le meurtre de M. Guézennec, le vendeur de fruits et légumes.

J'ai dû sacrément impressionner le forain, car non seulement il change de couleur, virant du rouge au blanc, mais il se met à bafouiller.

— J'n'ai… j'n'ai rien fait, m'dame la policière. J'vous le jure. Ça oui, j'le jure. J'le connaissais même pas. Non, j'le connaissais pas. J'suis pas d'ici, moi. Pas d'ici. Et j'paie toujours mes impôts.

— Monsieur, monsieur ! le hèle un garçon de l'âge de Corentin. J'ai pêché dix canards, est-ce que je peux avoir la voiture télécommandée bleue en haut de l'étagère, s'il vous plaît ?

— Attrapes-en dix de plus, et on en reparlera, petiot, le rembarre vertement le gérant du stand avant de se tourner vers moi et de m'offrir un sourire crispé. J'vous écoute, m'dame la policière. Que voulez-vous savoir ?

— Avez-vous vu votre voisin d'en face se disputer avec des clients ?

— J'en ai pas l'impression. D'un autre côté, il faisait que gesticuler et brailler, l'autre pignouf. Et problématique, avec ça, comme y disent les jeunes. Toujours à alpaguer le passant. J'allais pas lui donner d'l'attention, j'allais pas lui faire ce plaisir… Alors comme ça, il a été assassiné ?

— Hélas oui. Nous pensons qu'il a été tué aux alentours de onze heures. L'avez-vous vu quitter son stand avant ou après ?

— J'aurais bien aimé vous répondre, m'dame la policière, sauf qu'onze heures, c'est pile quand l'bagad Qwerty est monté sur l'estrade pour nous casser les oreilles avec ses binious et ses bombardes à la noix. On s'entendait plus. Y'avait du monde partout pour l'acclamer. Les gens s'étaient foutus d'vant mon stand. J'ai perdu tous mes clients. J'étais furibard. Ça m'a fait râler comme vous avez pas idée.

— Et avant onze heures ?

— J'en sais rien. Y'avait trop de gosses à surveiller. Faut toujours les avoir à l'œil. J'ai pas eu l'temps d'm'occuper d'l'autre pignouf, moi.

— Monsieur, monsieur…

— Quoi encore ? rugit le forain, pivotant brusquement vers le garçon de tout à l'heure.

— J'en ai vingt maintenant. Regardez !

Tout fier de son butin, l'enfant lève son panier plein à ras bord de canards en plastique aux couleurs de l'arc-en-ciel.

— Bravo. T'as gagné une poupée qui marche et qui parle, lui répond le patron du stand, tout sucre et tout miel. T'en as, d'la chance. Elle est pas belle, la vie ?

— Mais non, je veux la voiture télécommandée sur l'étagère, pleurniche le garçon. La bleue.

— Pas d'bol, petiot, elle est déjà réservée.

— Ce n'est pas juste. Je vais le dire à mes parents…

Voyant que je n'obtiendrai pas d'autres renseignements de la part de ce hérisson mal embouché, je me tourne vers le stand du brocanteur. Vous ne devinerez jamais à quoi notre diplômé émérite en psychocriminologie s'occupe. Le front perlé de sueur et le souffle court, il s'affaire à charger une horloge haute de deux mètres sur un chariot. Pincez-moi, je rêve !

— Joseph ? Qu'est-ce que...

— Je l'apporte à leur voiture et je reviens, m'interrompt-il, les paupières alourdies par le poids du devoir.

Poussant le chariot avec une détermination sans faille, il file à la suite d'un couple de septuagénaires très distingués, et disparaît.

— Brave garçon ! se murmure le brocanteur à lui-même. Il n'a vraiment rien à voir avec son oncle.

Tout aussi âgé que les acheteurs de la grande horloge, M. Rouillac est un homme plutôt maigre aux épaules voûtées par des années passées à chiner dans les vide-greniers. Ses yeux étroits sont constamment en mouvement, oscillant entre les badauds et son étal débordant d'antiquités et de vieilleries en tout genre. Des bijoux ternis, des vases chinois, des montres d'époque, des livres anciens... On se croirait dans une caverne d'Ali Baba.

— Mais je vous reconnais, vous êtes mademoiselle Beaumont, l'héritière des Ibis, me dit-il dès qu'il s'aperçoit de ma présence. Bien le bonsoir !

Comment sait-il qui je suis ? Nous ne nous sommes jamais croisés auparavant.

— Bonsoir, monsieur Rouillac.

— Votre manoir est une véritable merveille. Il doit regorger de trésors, n'est-ce pas ? hasarde-t-il, son regard perçant rivé sur moi.

— Ma grand-tante Aglaé était une collectionneuse invétérée.

— Ah, ça oui ! Et elle avait bon goût.

— L'avez-vous connue ? lui demandé-je, intriguée.

— Il fut un temps où nous étions proches, me confie-t-il avec un clin d'œil mystérieux. Nous appartenions à un cercle très spécial.

Un frisson subit me parcourt l'échine. Son cercle très spécial... S'agit-il de la Société des Crânes fendus ? Serait-il possible que M. Rouillac en soit membre ? Optant pour la prudence, je m'abstiens de montrer que j'ai saisi l'allusion.

— Je n'en avais aucune idée, déclaré-je avec nonchalance.

— Et c'est mieux ainsi ! Pour en revenir à votre manoir, si un jour vous souhaitez vous débarrasser d'un bibelot ou deux, faites-moi signe. Mais je suppose que vous n'êtes pas ici pour ça, suggère le brocanteur, tandis qu'un sourire malicieux se dessine sur son visage parcheminé. C'est à cause du meurtre de Stéphane Guézennec, n'est-ce pas ? Je devine que vous êtes venue me voir pour trouver le vrai coupable.

— C'est exact. Mon père est accusé à tort de ce crime.

— Comment puis-je vous aider ? Vous avez probablement des questions à me poser. Je vous écoute.

Je prends une grande inspiration et me lance :

— Nous pensons que votre voisin a été assassiné entre onze heures moins le quart et midi. L'avez-vous vu quitter son stand au cours de ce laps de temps ?

— Non. Avant que le bagad Qwerty se produise, j'ai eu beaucoup de clients, je n'ai pas fait attention à Guézennec. Mais je peux vous dire qu'il n'était plus à son stand quand le concert a commencé. Il était onze heures pile, et je n'avais plus personne à servir, à cause des spectateurs qui bloquaient l'accès à mon étal. Guézennec n'est pas réapparu ensuite. Je me souviens de m'être fait la réflexion qu'il était très négligent de laisser sa marchandise sans surveillance.

— L'avez-vous vu se disputer avec quelqu'un en particulier au cours de la matinée ?

Tout en se grattant le menton, M. Rouillac marque un temps d'arrêt.

— Il était fort en gueule dans son genre, donc il criait sans cesse et après tout le monde. Mais attendez... Ça me revient ! Il s'en est pris à Yvonne. Yvonne Le Roux. C'était en début de matinée. Sans l'intervention de Kévin Robin, il lui aurait certainement cassé le poignet tant il le serrait. La pauvre ! C'est une vieille dame au grand cœur. On l'aime bien malgré ses lubies.

— Ses lubies ? répété-je, intriguée.

Le brocanteur hoche la tête en signe d'approbation.

— Voyez-vous, cette bonne Yvonne a des petites manies ! Pas grand-chose, en vérité, mais ça peut gêner ceux qui ne la connaissent pas. Elle a tendance à emprunter des bricoles par-ci par-là sans trop demander la permission. Elle ne fait pas ça pour de l'argent, oh non ! C'est juste qu'elle ne peut pas s'en empêcher. Mais bon, elle finit toujours par comprendre son erreur et rapporter l'objet « emprunté » avec un mot d'excuse. Il est rare que les gens lui en veuillent. Et pour ceux qu'elle a véritablement contrariés, elle tricote de charmantes écharpes, gagnant ainsi leur pardon.

— Dans ce cas, j'éviterai de l'inviter au manoir. Je ne suis pas très « écharpes faites main », ironisé-je.

Avec un petit rire amusé et complice, M. Rouillac acquiesce.

— Moi non plus. Mais blague mise à part, je ne la crois pas capable de tuer quelqu'un, même si ce quelqu'un s'appelle Guézennec et qu'il lui a tordu le poignet pour l'avoir surprise en train de voler un fruit.

Malgré tout, je me promets d'aller interroger cette adorable vieille dame kleptomane.

— Non, vraiment, elle n'en aurait pas la force, insiste-t-il. Si j'étais vous, j'irais plutôt voir du côté de Mevel.

— C'est-à-dire ?

— Depuis qu'une source a jailli au village, les esprits se sont enflammés. Il y a d'une part ceux qui pensent qu'elle peut tout soigner et il y a… ou peut-être devrais-je dire il y avait Guézennec. Il considérait que la fontaine lui appartenait et que les gens devaient payer pour y boire. Il comptait porter l'affaire devant la justice. Qui sait, il aurait pu avoir gain de cause ! Et qui auraient été les grands perdants, je vous le demande ? Tout d'abord le curé, qui vend l'eau de la source sous prétexte qu'il l'a bénie. Mais également Pierre Mevel, le chef de file du mouvement opposé à la privatisation de la fontaine. Et puisque j'imagine mal un homme d'Église commettre un meurtre, je vous laisse tirer vos propres conclusions.

Je m'apprête à lui exprimer ma gratitude pour ces précieux éclaircissements lorsque, tout d'un coup, une pensée aussi aiguë qu'une lame de poignard me traverse la cervelle.

— Dites-moi, le « cercle très spécial » que vous évoquiez tout à l'heure… Se pourrait-il qu'il se félicite de la disparition de Stéphane Guézennec ? lui demandé-je à brûle-pourpoint.

Le brocanteur plisse immédiatement les yeux, et je crois percevoir une lueur sombre dans son regard. Sa malice habituelle s'est envolée, laissant place à une gravité inattendue. Mince ! Il n'a pas aimé que je lui parle des Crânes fendus. Pourquoi n'ai-je pas fermé mon grand bec ?

— Nous ne comptons aucun meurtrier parmi nous, réplique-t-il d'une voix basse et vibrante, après une pause pesante. Vous seriez bien inspirée de ne pas aborder ces sujets en public, mademoiselle Beaumont.

Aussitôt, je sens mon cœur s'accélérer. Par chance pour mon matricule, Joseph choisit ce moment précis pour réapparaître à nos côtés, visiblement de fort méchante humeur. Il s'est un jour vanté d'avoir remporté le concours du plus beau bébé dans sa prime enfance. J'ai peine à le croire. Avec ses joues rougies par l'effort et sa mine renfrognée, il ressemble davantage à un affreux poupard qu'à un adorable baigneur.

— L'horloge est finalement arrivée à bon port, monsieur Rouillac, grommelle-t-il tout en se massant la nuque. Elle a bien failli avoir ma peau. Je n'en trimbalerai pas une autre de sitôt.

— Allons, jeune homme, pourquoi vous plaignez-vous ? le taquine le brocanteur, ses yeux pétillants d'espièglerie. Cette expérience vous fournira une histoire passionnante à raconter à vos futurs petits-enfants lorsque vous serez vieux et sagement installé dans votre fauteuil à bascule.

— Si vous le dites ! En attendant, j'aimerais vous poser quelques questions au sujet de M. Guézennec.

— Vous n'étiez pas au courant ? Mlle Beaumont s'en est déjà chargé, réplique M. Rouillac tout en m'adressant un clin d'œil. Et je lui ai répondu.

— Je vous en suis reconnaissante, monsieur Rouillac, le remercié-je. Grâce à vous, nous disposons maintenant d'informations précieuses pour notre enquête.

— Je vous en prie. N'hésitez pas à faire appel à moi si vous souhaitez vous débarrasser de quelques meubles ou bibelots.

— Je n'y manquerai pas.

Sur ces mots, je prends congé du brocanteur. Joseph et moi nous éloignons de son étal et nous dirigeons vers la maison de Pierre Mevel. Je profite du court trajet pour résumer brièvement les propos de M. Rouillac. Le policier ignorant tout de l'existence des Crânes fendus, je me garde bien d'évoquer le sujet.

— Tout ça ne nous fait pas beaucoup avancer, conclut Joseph. Nous savons seulement que Guézennec n'était plus à son stand après onze heures. Quant à ce qui s'est passé avant, c'est un mystère complet. La mère Le Roux est une figure familière de nos services. Contrairement à ce que dit

Rouillac, elle pourrait être notre coupable. Elle devrait d'ailleurs avoir un casier rien qu'à elle tant on reçoit de MC113 la concernant. Et pour Mevel...

Son téléphone portable se met à sonner. Il n'achève pas sa phrase et décroche. J'entends alors la voix du brigadier-chef tonner dans le combiné.

— Oui, tonton... Bien, tonton... J'arrive, tonton, bredouille Joseph chaque fois qu'il en a l'occasion.

Ayant raccroché, il se tourne vers moi et hulule :

— Il y a du nouveau. Magnez-vous, ma vieille, mon oncle nous attend au poste.

Chapitre 15

Le poste de police n'est pas bien éloigné du domicile de Mevel, que nous étions sur le point d'atteindre. Aussi y parvenons-nous en un rien de temps.

La bâtisse carrée de pierres grises qui se dresse devant nous ne diffère guère des maisons du quartier. Comme chez ces dernières, des jardinières remplies de fleurs – artificielles ou non – sont suspendues à ses balcons. Sans le panneau « Commissariat de Foisic » cloué à sa façade, elle se fondrait dans l'anonymat du voisinage.

Sa porte s'ouvre sur un long couloir éclairé par des néons blafards et tapissé de photographies de chats perdus. Alors que Joseph et moi le remontons, je distingue à son bout la silhouette d'un homme en uniforme de policier. Il semble se tenir devant une cheminée, son monosourcil broussailleux lui barrant le front. Toutefois, à bien y regarder, il ne s'agit pas du brigadier-chef en chair et en os, mais de son portrait en pied, encadré et accroché au mur. L'inscription « *Big Jégou is watching you*[4] » est gravée en lettres dorées au bas du tableau.

La pièce dans laquelle le couloir se termine est de petite taille. Un comptoir surmonté d'une grande vitre la coupe en deux. Des corbeilles en plastique remplies de MC113 le garnissent. Nous gagnons son extrémité droite où, après avoir poussé le portillon de communication, nous passons de l'autre côté de la paroi vitrée. La dernière fois que je suis venue ici, des piles de documents s'entassaient en désordre sur les tables, des emballages vides d'aliments gisaient çà et là. Ce n'est désormais plus le cas. L'endroit reluit de propreté, les dossiers s'alignent sur les étagères. En outre, il n'y a pas âme qui vive.

— Mon oncle nous attend dans son bureau, m'informe Joseph qui se dirige vers le fond de la salle.

Un grand merci pour cette fracassante révélation ! C'est d'ailleurs bien la seule. J'ai beau l'avoir bombardé de questions, il est resté évasif quant aux raisons de notre visite ici.

Je lui emboîte le pas jusque dans un escalier que nous gravissons. Une fois le palier supérieur atteint, nous empruntons un nouveau couloir et nous

---

[4] « Le grand Jégou vous surveille » en anglais. (N.d.A.)

arrêtons devant une porte capitonnée.

— Entrez, tonne une grosse voix, alors que Joseph frappe trois coups contre le battant de cuir.

Le bureau du brigadier-chef vaut le détour, et pour cause. Ce sanctuaire de l'autorité policière est une véritable extension de sa flamboyante personnalité. Les diplômes encadrés qui ornent les murs lambrissés de boiseries foncées en témoignent. De même que l'atteste l'étagère ployant sous le poids des coupes et des trophées remportés lors d'innombrables compétitions de tir. Seule la douce lumière filtrée par des rideaux en dentelle blanche atténue la gravité des lieux.

Près de l'unique fenêtre se dresse un secrétaire finement marqueté. Tel un roi régnant sur son royaume, Paul Jégou l'occupe. Sur une chaise en face de lui, une femme d'une quarantaine d'années nous présente son profil. Brune, mince et élégamment habillée d'un tailleur jupe et d'escarpins à talons, elle serre un mouchoir froissé dans sa main. En dépit de ses traits tirés et de sa pâleur, elle est d'une grande beauté.

— C'est nous, tonton, s'annonce Joseph.

— Dépêche-toi de refermer la porte, fiston, lui ordonne son oncle.

Levant les yeux de l'ordinateur sur lequel il pianotait, il m'aperçoit. Aussitôt, son monosourcil se fronce, accentuant son air sévère.

— Que faites-vous ici, mademoiselle Beaumont ?

— J'assiste Joseph dans l'enquête, l'auriez-vous oublié ? riposté-je.

Un grommellement indistinct me répond, puis il nous fait signe de nous asseoir. Nous prenons place de part et d'autre de son invitée, qu'il nous présente comme la veuve de feu Stéphane Guézennec. Après les condoléances d'usage, Joseph et moi nous taisons. L'atmosphère est tendue, le silence à couper au couteau. Seuls les battements d'une pendule et les sanglots étouffés de Mme Guézennec troublent ce calme, soulignant à chaque tic-tac l'urgence de la situation.

— Madame Guézennec, je vais vous demander de répéter ce que vous venez de dire pour le procès-verbal, lance enfin le brigadier-chef.

— J'ai tué mon mari, lâche l'intéressée tout en tamponnant ses yeux humides avec son mouchoir.

Hein ! Quoi ? Je suis complètement sidérée. Ainsi, c'est elle, la coupable. Mon père serait-il innocenté ? N'en croyant pas mes oreilles, je l'observe.

Elle ne ressemble pourtant pas à une meurtrière. Toute sa personne dégage une telle impression de fragilité et de douceur.

— Mais encore ? insiste Paul Jégou.

— J'ai suivi Stéphane jusqu'à ce manoir rose situé sur la place de la Mairie. Une fois à l'intérieur, je lui ai tiré dessus – deux fois –, puis je me suis enfuie.

— Impossible ! me récrié-je, incapable de taire mon désaccord.

— Elle n'a pas pu…, proteste Joseph.

— On se calme, nous rabroue son oncle d'un geste impérieux. Et on me laisse conduire l'interrogatoire… Vous affirmez donc, madame Guézennec, avoir assassiné votre mari au domicile de Mlle Beaumont, ci-présente, en faisant feu sur lui. Est-ce bien cela ?

— Oui. Je n'en pouvais plus de sa brutalité et de ses accès de colère. C'était devenu un monstre… Oui, un monstre.

Elle ment, c'est indéniable. Nous le savons tous pertinemment puisque l'arme du crime n'est autre qu'une géode d'améthyste. Pourtant, le brigadier-chef semble prendre son témoignage très au sérieux. Je suis déconcertée, tout comme Joseph dont les yeux se sont arrondis comme des soucoupes.

— Vous auriez pu choisir le divorce plutôt que de commettre un tel acte, assène Paul Jégou avec une froideur toute professionnelle.

— Le divorce est inenvisageable pour moi ; je suis une fervente catholique.

— C'est bien avec un revolver que vous avez tiré sur votre mari, n'est-ce pas ? déclare-t-il.

— Oui, c'est bien ça.

— De quelle marque était-il ?

— Je ne m'en souviens pas, répond Mme Guézennec après une brève hésitation.

— Comment se fait-il que vous l'ayez eu sur vous ? poursuit le brigadier-chef, cette autre question fusant telle une rafale de mitraillette.

— Je l'avais mis… dans mon sac à main… avant de sortir de chez moi.

Elle a de nouveau buté sur les mots. À l'évidence, elle a de plus en plus de mal à tisser son mensonge.

— Avez-vous une autorisation de détention d'armes à feu ? demande Paul Jégou, infatigable.

— Le revolver appartenait à Stéphane. Je le lui avais emprunté.

— Admettons, concède-t-il. Et qu'en avez-vous fait ensuite ? L'avez-vous conservé ? Pouvez-vous nous le montrer ?

— Je l'ai jeté à la mer depuis le haut de la falaise.

— Quelle zone du corps de votre mari avez-vous touchée ? s'enquiert Joseph, suscitant au passage l'ire silencieuse de son oncle.

— Je... Il faisait sombre... La tête, je crois, bredouille Mme Guézennec.

— Vous croyez ? riposte le brigadier-chef. Et toi, fiston, pas un mot de plus !

— J'en suis sûre.

— Et quelle heure était-il quand vous l'avez tué ?

— Dix heures... Oui, il devait être dix heures.

C'est à se demander pourquoi cette femme invente toutes ces histoires et s'accuse d'un crime qu'elle n'a pas commis. Cherche-t-elle à aller en prison ?

Ma tête fourmille encore d'interrogations lorsque le téléphone posé sur le secrétaire se met à sonner. Le brigadier-chef décroche. S'ensuit une conversation dont je n'entends que ses répliques.

— Jégou à l'appareil... Ah, c'est vous... Je vois... Je vois... Mais bien entendu... Dans le dos ? Vous m'étonnez... Je vous attends... Vous êtes déjà en bas... Je viens vous chercher.

Il raccroche avec le sourire aux lèvres là où le visage de Mme Guézennec s'est décomposé en un mélange de terreur et de désarroi.

— Madame Guézennec, je ne vous retiens pas, décrète-t-il, quittant son fauteuil. Vous pouvez repartir chez vous.

— Vous... vous ne m'arrêtez pas ?

— Rien ne presse, madame Guézennec. Rien ne presse. Rentrez chez vous et prenez un peu de repos. Je vous raccompagne en bas.

Il aide son interlocutrice à se lever et, glissant un bras sous le sien, il la conduit jusqu'à la porte.

— Vous deux, ne bougez pas d'ici, nous lance-t-il avant de disparaître avec la fausse meurtrière.

— C'est n'importe quoi ! explose alors Joseph. On nage en plein délire.

— Elle a menti, commenté-je.

— Ça, on l'aura compris, ma vieille. Mais la question est de savoir pourquoi.

Suite à quoi, il développe des raisonnements tortueux, probablement en quête d'une explication logique à cette situation insolite. Ses jacasseries sont comme des bourdonnements de mouches à mes oreilles, car je suis plongée dans mes propres réflexions, tentant de démêler l'écheveau embrouillé de cette affaire. Mais avant que mes pensées n'aboutissent à quelque chose de tangible, des bruits saccadés de pas provenant du couloir me ramènent à la réalité. Paul Jégou est de retour, et il n'est pas seul. Henri Prigent l'accompagne.

— Asseyez-vous, Prigent, lui ordonne le brigadier-chef qui désigne la chaise entre Joseph et moi. Vous connaissez mon neveu, n'est-ce pas ? Et cette demoiselle est Mlle Beaumont.

— Nous nous sommes déjà rencontrés, réplique Henri qui me lance un regard empreint de tension. Allons droit au but, brigadier, je suis ici pour…

— Mon oncle est brigadier-chef, le corrige Joseph avec un brin de fierté.

— Merci, fiston, mais laisse Prigent s'exprimer. Continuez.

— Je veux tout avouer, reprend l'artisan avec fermeté.

— Quelle journée captivante ! s'exclame Paul Jégou qui tapote sur son clavier. Je vous écoute, Prigent. Répétez-nous ce que vous m'avez dit au téléphone.

— J'ai tué Guézennec.

L'annonce d'Henri retentit comme un coup de tonnerre dans une nuit d'été trop chaude. Joseph sursaute, bondissant de son siège. Sa réaction impulsive est suivie d'un juron qui écorcherait les oreilles les plus insensibles. D'un regard réprobateur appuyé par le froncement de son monosourcil, son oncle le rappelle à l'ordre.

— Du calme, fiston, et surveille ton langage. Prends plutôt exemple sur Mlle Beaumont.

Si je ne bronche pas ni ne cille, ce n'est certainement pas par déférence ou en signe de respect. Je suis tout bonnement estomaquée, les bras m'en tombent. Cette cascade d'aveux et l'absurdité de la situation me laissent sans voix.

— Et vous, Prigent, poursuivez. Nous sommes tout ouïs.

— Je l'ai poignardé, brigadier-chef. C'est moi qui l'ai assassiné. Je lui ai donné trois coups de couteau dans le dos. Il fallait que je me dénonce. Je ne peux plus vivre avec ce poids sur la conscience. Je vous en supplie, faites ce que vous avez à faire.

— Et quelle heure était-il quand vous l'avez poignardé ?

— Il était environ dix heures du matin.

Le silence qui s'ensuit est pesant. Les regards d'incrédulité que Joseph et moi échangeons en disent long. Deux reconnaissances de culpabilité pour le même crime, cela dépasse l'entendement. L'enquête vient de prendre un tour des plus inattendus, ce qui ne semble pas déplaire au brigadier-chef. Un sourire erre sur ses lèvres, évoquant la courbe mystérieuse dessinée par la bouche de *La Joconde*.

Chapitre 16

Le dîner a été un pur régal, et pas uniquement grâce aux talents culinaires de ma mère. Étrangement, la mort de Guézennec a eu des répercussions positives – du moins sur nos papilles gustatives et nos estomacs. Nous nous sommes délectés de l'assortiment de mets et de desserts qui avaient afflué tout au long de l'après-midi. Qui aurait refusé un kig ha farz concocté avec amour… ou – soyons honnêtes – avec soulagement ? On l'aura compris, la disparition de Guézennec a donné du baume au cœur à tous les villageois. Quant au kouign-amann de la mère Dubois, il n'a pas fait long feu. Le vieil adage « le malheur des uns fait le bonheur des autres » n'a jamais semblé aussi vrai qu'aujourd'hui.

Allez savoir pourquoi, j'hérite de la corvée de nettoyage. Tandis que mes invités se prélassent dans le salon, sirotant des digestifs, me voilà en train de frotter, balayer, essuyer. Je parie qu'ils échangent sur les dernières avancées de l'enquête. Au cours du repas, nous n'avions guère eu le loisir d'en discuter, tant nous étions absorbés dans le plaisir de savourer les délices du « buffet de gratitude » – c'est ainsi que ma mère l'a si joliment baptisé.

Oserais-je reconnaître que je dispose d'un précieux allié en la personne de Rimbaud, toujours prêt à engloutir ce qui échappe à ma vigilance ? Pourtant, en dépit de son aide, la cuisine me retient en ses murs une bonne demi-heure.

Lorsque je rejoins mes invités au salon, la scène qui m'attend est aussi prévisible qu'agaçante. Ma mère et Véronique papotent en riant autour d'une tisane. On n'entend qu'elles. Mon père a pris mon fiancé à part pour lui exposer ses derniers travaux de recherche. Alban, quant à lui, semble ailleurs, le regard fixé sur sa tasse de café, si bien que l'on se demande s'il écoute réellement ou s'il est perdu dans ses propres pensées. Et puis il y a Joseph, qui s'escrime à accrocher des photographies sur notre tableau d'investigation.

— Besoin d'aide ? lui proposé-je, une fois arrivée à sa hauteur.

Je ne sais pas comment il a réussi ce prodige, mais il s'est procuré des clichés de tous les suspects. En revanche, celui de Guézennec n'a pas été pourvu.

— Mais pas du tout, je gère, ma vieille, se vante-t-il. Du ruban adhésif, un peu de doigté et admirez le travail !

Au même moment, trois photographies se détachent du support en ardoise et tombent par terre.

— Quel travail d'artiste ! Ça vaut le détour, persiflé-je, me dépêchant de ramasser les portraits pour les soustraire aux crocs de Rimbaud.

Plusieurs bips résonnent soudain et coupent le sifflet de Joseph, qui s'apprêtait sans doute à m'envoyer des piques. Bondissant de son fauteuil, Véronique nous annonce :

— Je dois filer. Mes jumeaux vont bientôt rentrer de chez leur père, il faut que je sois à la maison pour les accueillir.

— On se voit demain ? lui demande ma mère.

— Impossible. J'ai une journée chargée. Je m'occupe des Botrel, ils ne sont pas faciles à gérer. Quatre-vingt-neuf ans, et toujours à vouloir courir partout. Ils remuent presque autant que mes fils.

— Je compatis.

— Moi aussi, lui dis-je. En tout cas, merci pour ton aide, Véronique.

— Je serai toujours là pour toi, Jade, me répond-elle avant de tourner les talons.

— Et mon bisou ? lui crie Joseph.

Lui courant après, il se prend les pieds dans le tapis, mais parvient tout de même à recouvrer l'équilibre et à la rattraper.

— J'en connais certains qui devraient prendre exemple, assène ma mère avec une pointe de frustration dans la voix.

En réaction à cette remarque, mon père va s'asseoir auprès d'elle et la serre tendrement dans ses bras. Agissant par mimétisme, Alban se précipite vers moi pour m'embrasser avec une spontanéité maladroite mais touchante.

— Au revoir, ma douce, murmure Joseph, les yeux fixés sur la porte que Véronique vient de franchir.

L'air triste, il retourne se camper devant le tableau d'investigation. De notre côté, Alban et moi trouvons refuge sur un canapé. Poussé par cette jalousie typique qu'il éprouve dès qu'une attention m'est portée, Rimbaud se glisse audacieusement entre nous. Malgré l'inconfort causé par cette intrusion, il est difficile de lui en tenir rigueur. Son insistance à toujours vouloir être près de moi est aussi attendrissante que familière. Observant la scène avec une curiosité mêlée de méfiance, Alban tente de caresser mon chien, mais ce dernier, fidèle à ses habitudes, le boude et se blottit davantage contre moi.

— Ah là là ! Je crois bien que je suis amoureux, confesse Joseph.

— Très heureux pour vous, mon bon ami, rétorque mon père d'un ton cassant. Mais revenons à nos moutons et intéressons-nous un peu à l'enquête. Vous qui êtes allé faire un tour au marché, vous avez probablement des informations à partager.

S'apprêtant à répondre, Joseph ouvre la bouche, mais je le devance promptement.

— Pendant que Joseph faisait joujou avec une horloge, je me suis entretenue avec les deux voisins de stand de Guézennec.

— Je ne m'amusais pas, j'aidais mon prochain, rectifie le policier, le front plissé par la contrariété.

Je poursuis, imperturbable :

— J'ai d'abord parlé au gérant de la pêche aux canards, situé en vis-à-vis de Guézennec. Il n'a rien pu voir de ce qui se passait en face. Les spectateurs venus écouter le bagad Qwerty encombraient l'allée de circulation et obstruaient son champ de vision. Coïncidence fâcheuse, le concert a eu lieu précisément entre onze heures et midi, la plage horaire qui nous préoccupe.

— Quelle guigne ! bougonne ma mère, manifestement agacée.

— Attendez, c'est maintenant que ça devient intéressant, intervient Joseph, pressé de parler.

Mais je continue :

— Ensuite, j'ai discuté avec M. Rouillac, le brocanteur, dont le stand jouxtait celui de Guézennec. Avant que le concert commence, il avait trop de clients pour prêter attention à son voisin. Mais quand la foule attirée par le bagad Qwerty a bloqué l'allée de circulation, il n'a plus eu personne à servir, ce qui lui a permis de constater que Guézennec n'était plus à son stand. Il ne l'a pas vu revenir par la suite.

— Si on prend en compte le témoignage d'Irène, qui dit avoir salué Guézennec à dix heures trente-cinq, on peut en déduire qu'il a quitté son stand pendant les vingt-cinq minutes qui ont suivi, interagit Alban, songeur.

— Oui, mais on ignore exactement quand, souligne ma mère, perspicace.

— Cela n'a pas grande importance, tranche mon père. Ce qui est clair, c'est que l'heure du crime se situe bel et bien entre onze heures moins le quart et midi. Conservons cela sur le tableau.

— Ah, avant que j'oublie ! M. Rouillac m'a révélé l'identité de la vieille dame que Guézennec avait rudoyée après l'avoir surprise en train de voler un fruit sur son stand. Elle s'appelle Yvonne Le Roux. Elle est certes un peu kleptomane sur les bords, mais le brocanteur la croit incapable de commettre un meurtre.

— Rouillac pense tout savoir sur les gens, mais il se trompe lourdement, maugrée Joseph qui s'empare d'un bâton de craie et inscrit le nom de la suspecte sur le panneau d'ardoise. Cette Mme Le Roux est loin d'être innocente.

— Qui vole un œuf vole un bœuf ! déclame mon père. C'est bien connu.

— J'irai l'interroger, proposé-je.

— Surtout pas ! Tu risquerais de l'effrayer avec tes gros sabots, se récrie ma mère. Si mon métier de psychologue m'a bien appris une chose, c'est que chaque individu requiert une approche particulière.

— Et que suggères-tu ?

— Je pourrais me présenter chez elle demain, une boîte de chocolats à la main, et prendre de ses nouvelles, notamment concernant son poignet. Il serait plus aisé de lui soutirer des informations sous couvert d'une conversation amicale.

— C'est une excellente tactique ! s'exclame Joseph, admiratif. D'ailleurs, durant mon master de psychocriminologie, j'ai appris qu'apprivoiser un suspect en établissant un lien de confiance est souvent le moyen le plus sûr pour le faire parler.

Soucieuse de ne pas dévier du sujet, je me hâte de reprendre la parole :

— Revenons à notre enquête. Après le marché, nous sommes allés au commissariat. C'était… Comment pourrais-je le décrire ? Complètement surréaliste.

— À mon tour de raconter ! s'exclame Joseph, incapable de contenir son excitation. Vous ne devinerez jamais, Mme Guézennec et Henri Prigent prétendent tous les deux être les assassins de Guézennec.

— Attendez, comment est-ce possible ? s'enquiert ma mère, nous considérant avec ébahissement.

— Nous étions en route pour aller interroger Pierre Mevel –M. Rouillac le croit coupable du meurtre – lorsque le brigadier-chef a téléphoné à Joseph et lui a demandé de le rejoindre au commissariat. Je l'y ai accompagné et…

Piaffant d'impatience, Joseph m'interrompt :

— Nous avons été accueillis par mon oncle dans son bureau. Il était en plein milieu du procès-verbal de Mme Guézennec. Celle-ci venait d'avouer avoir abattu son mari de deux balles dans la tête, l'accusant de brutalités incessantes. À l'issue de sa confession, mon oncle lui a conseillé de rentrer chez elle et d'y rester. Pour les raisons que l'on connaît, il ne croyait pas à sa culpabilité ni à son histoire. Et à peine était-elle partie qu'Henri Prigent a fait irruption, prétendant, lui, avoir poignardé Guézennec de trois coups de couteau dans le dos.

— Toujours plus ! s'exclame ma mère, secouant la tête en signe de désapprobation. Et tant qu'on y est, ma mère en short jaune et en tongs vertes devant le Prisunic !

— Deux versions contradictoires pour une même victime, observe mon père, se grattant le menton. Qui plus est, aucune d'elles ne recèle la moindre parcelle de vérité.

— Ce qui nous fait deux menteurs, conclut Alban, perplexe. Mais pourquoi s'accuser d'un meurtre si on ne l'a pas commis ?

— Ont-ils précisé l'heure de leur supposé méfait ? me demande ma mère.

Je hoche la tête, souriante :

— C'est là que ça devient encore plus étrange. Tous deux ont affirmé avoir tué Guézennec aux alentours de dix heures ce matin.

Joseph, avec son enthousiasme habituel, consigne ces informations sur le tableau d'investigation.

— Je le note, commente-t-il. C'est bien ce que l'on disait. Ce sont de gros affabulateurs.

Ma mère intervient alors avec sérieux :

— À propos d'Henri Prigent, Véronique et moi avons recueilli des renseignements précieux. Armelle Le Magorec nous a assuré qu'il travaillait chez elle ce matin. Il est arrivé à huit heures précises pour repeindre les chambres du deuxième étage. Vers dix heures, il s'est absenté brièvement. À son retour, il a accepté le café qu'Armelle lui proposait, et ils ont discuté de la pluie et du beau temps jusqu'à environ dix heures trente. Après quoi, il est remonté travailler et n'a pas quitté le deuxième étage avant midi et demi. Armelle est formelle sur ce point.

— Le fait qu'il soit effectivement sorti aux alentours de dix heures concorde avec son témoignage, observe Alban, les sourcils froncés comme s'il réfléchissait intensément. Foisic est un tout petit village. À vive allure, on peut le traverser en un rien de temps. Prigent aurait très bien pu filer aux Ibis, s'en prendre à Guézennec, puis revenir chez Mme Le Magorec en moins de quinze minutes. Sauf qu'en réalité, le meurtre s'est produit bien après dix heures et quart, alors qu'il était chez la logeuse, occupé à repeindre des chambres.

— N'oublions pas Mme Guézennec qui revendique le même meurtre au même moment, déclare mon père tout en se massant les tempes. Il est clair que ces deux-là trament quelque chose. Qu'en pensez-vous, Joseph ? Vous qui êtes un expert en psychocriminologie, vous devriez avoir une idée sur la question.

— Euh, oui… Enfin… Il doit y avoir une explication logique à tout ça, bafouille l'intéressé avec un air de Lulu perdu.

— Allons, Franck, inutile d'embarrasser davantage notre ami policier. On n'a pas besoin d'avoir un master de psychocriminologie pour reconnaître l'évidence, tempère ma mère, venant à la rescousse de Joseph. Je suis prête à parier que Mme Guézennec et Henri Prigent sont amoureux l'un de l'autre. Leurs faux témoignages ? Une manière de se couvrir mutuellement, j'en suis certaine.

— Peut-être avaient-ils prévu de se voir pendant que Guézennec était à son stand, poursuit Alban avec une lenteur mesurée, pesant chacun de ses mots. Pendant sa pause, Henri Prigent aurait alors rendu visite à sa maîtresse, mais ne l'aurait pas trouvée chez elle. En apprenant le meurtre, il aurait peut-être pensé qu'elle était passée à l'acte dans la mesure où elle s'était souvent plainte de la brutalité de son conjoint. Pour la protéger, il se serait accusé.

— C'est… c'est exactement ça ! s'exclame Joseph, ses yeux s'éclairant. Et Mme Guézennec, en s'apercevant que son amant n'avait pas d'alibi solide pour cette heure-là, aurait peut-être craint qu'il n'ait lui-même assassiné son mari. Pour le couvrir, elle se serait dénoncée.

— Mais le crime ayant été commis à un autre moment que celui qu'ils évoquent, cela les disculpe tous les deux, non ? avancé-je.

— Effectivement, acquiesce ma mère. Leur histoire d'amour les a conduits à jouer un jeu dangereux, mais ils sont innocents.

— Tandis que moi, je demeure le principal suspect, déplore mon père, laissant échapper un soupir teinté d'amertume.

— Nous trouverons le véritable coupable, monsieur Beaumont, je vous le promets, décrète Joseph avec détermination.

— Nous voilà ramenés à la case départ, peste ma mère.

Je hoche la tête en signe d'acquiescement, les événements récents prouvant que cette affaire est bien plus tortueuse que nous ne l'avions imaginé.

ENA FITZBEL

Chapitre 17

Jeudi 12 novembre.
Franchement, qui trouve autant de cadavres sur sa route en si peu de temps ? Je suis en passe de battre un record. Avec Guézennec, ça fera cinq. CINQ !
J'aurais préféré collectionner les timbres ou les coquillages, mais non, apparemment je suis abonnée au club très fermé des détectives malgré eux.
Ah, Foisic, tu me gâtes…
Espérons que cette journée sera plus clémente qu'hier. Si elle pouvait m'éclairer sur cette sombre histoire, ce ne serait pas de refus.
Affaire à suivre… ou plutôt à résoudre !

J'ai passé une nuit affreuse, tourmentée par un cauchemar qui m'a laissée le cœur lourd et l'esprit embrouillé. Dans ce rêve terrifiant, je me voyais errant dans les rues obscures et désertes de Foisic, essayant à tout prix de fuir le spectre de Guézennec lancé à mes trousses. Chaque fois que je me retournais, je l'apercevais, le visage ensanglanté et les traits déformés par la colère. Il brandissait un couteau. Ses yeux me fixaient avec une intensité glaciale, et je pouvais l'entendre rugir :

— Ton père m'a tué. C'est toi qui paieras pour son crime.

Alors je courais, désespérée. Mais partout où j'allais, il était là. J'avais la sensation que jamais je ne lui échapperais. L'horreur de cette traque sans fin m'épouvantait.

À un moment donné, je me suis retrouvée aux Ibis, un lieu où j'aurais dû me sentir en sécurité, mais qui était devenu le théâtre d'un cauchemar effroyable. Ce n'était plus un seul Guézennec qui me pourchassait, mais des centaines d'entre eux, tous criant d'une voix unanime :

— Vengeance… Vengeance…

Un nombre incroyable de poignards et de revolvers étaient braqués sur ma personne. Bientôt, l'un d'eux me tuerait. J'étais acculée. Ma fin était proche…

Vous comprendrez sans doute pourquoi j'ai éprouvé un immense soulagement en abrégeant mon sommeil pour me rendre au travail. Rien de tel que de plonger dans la routine bien établie de la vie quotidienne si l'on souhaite se rattacher au monde réel.

Et me voilà au bureau de poste ! Pile à l'heure. Et non, mon implication dans l'enquête n'en souffrira pas. Bien au contraire. Qui mieux placée qu'une factrice pour recueillir des informations ? Lors de ma tournée, rien ne m'interdira de poser des questions avec l'air de ne pas y toucher. Pour peu qu'ils attendent de bonnes nouvelles ou des messages d'amis, les gens ont tendance à s'ouvrir facilement à la personne susceptible de les leur apporter.

— Vous devriez être ailleurs, me réprimande Christine Morvan avec brusquerie, tandis que je la rejoins dans l'arrière-boutique.

Un frisson me secoue, mais je me reprends vite. Pas question de montrer de la faiblesse.

— Pourquoi donc ? Je suis toujours employée ici, que je sache, rétorqué-je aussi sec, masquant ma nervosité par une touche d'effronterie.

Se détournant de l'établi sur lequel elle finissait de préparer mes quatre sacoches de courrier, la postière me jette un regard noir à travers ses lunettes rondes à monture en métal.

— Vous avez une enquête à mener. Votre père compte sur vous, non ? Alors, disparaissez.

— Et rentrer chez moi ? Ce n'est pas ainsi que je prouverai son innocence. Et puis, les gens sont plus enclins à confier leurs secrets à leur facteur plutôt qu'à un détective amateur, vous comprenez ?

— Mouais ! J'espère que je ne suis pas dans le viseur de votre petite enquête, grogne-t-elle, ses narines frémissant.

— Si on considère que Guézennec voulait vous faire virer, on peut…

Levant un poing rageur et vociférant, Christine Morvan m'interrompt net. Un régiment de noms d'oiseaux me parvient en pleine face. Tant qu'elle ne me traitera pas de canard sans tête, tout sera pour le mieux !

— Pas la peine de vous énerver. Si ça peut vous rassurer, vous ne figurez pas sur ma liste de suspects.

— Encore heureux ! râle-t-elle, reniflant d'un air indigné. Et peut-on savoir qui est dans votre collimateur ?

— Pour tout vous dire, il y a d'abord Pierre Mevel.

— Du grand n'importe quoi ! Il soigne ses concitoyens, il ne les tue pas. Qui d'autre ?

— Yvonne Le Roux.

— Elle ? ricane la postière. Un petit larcin par-ci par-là, certes. Mais un meurtre ? Jamais.

— Il y a aussi Yvon Briand, le marchand de pizzas.

— Ah, lui ! Je l'imagine aisément commettre un crime sous le coup de la colère. C'est qu'il est impulsif, ce monsieur !

— Pourtant, votre confrère M. Rouillac pencherait davantage pour Pierre Mevel.

Imperceptiblement, l'atmosphère devient électrique, et Christine Morvan se raidit. J'ai conscience d'avoir franchi la ligne rouge et d'avoir pénétré en territoire ennemi. Toujours est-il que j'aimerais vérifier si j'ai raison de considérer le brocanteur comme un membre des Crânes fendus.

— Qu'est-ce que vous entendez par *confrère* ? articule la postière.

Avec un petit sourire crispé, je me tapote le dessus de la tête.

— Eh bien ! Vous savez, répliqué-je vaillamment. Votre acolyte des Crânes fendus.

Les yeux de ma patronne s'enflamment aussitôt de colère, et je peux presque voir de la fumée sortir de ses oreilles.

— L'idiot ! Il n'a pas pu tenir sa langue, peste-t-elle. Écoutez-moi bien, Jade, vous êtes priée de tenir la vôtre, vous m'entendez ?

Je la défie du regard, mais intérieurement, je n'en mène pas large.

— Je sais ce que j'ai à faire, Christine, déclaré-je d'un ton bravache. Je ne trahirai pas votre secret. Mais merci tout de même du conseil.

— Trêve de parlottes, mettez-vous au travail… Au fait, qu'avez-vous fait de votre chien baveux ?

— Ma mère voulait le garder… Mais dites donc, Rimbaud ne bave pas.

— Il bave, et ça ne sent pas la rose.

L'abandonnant à ses griefs, j'attrape mes deux premières sacoches et file les attacher à mon vélo électrique, resté près de l'entrée. Puis je sors dans l'air frais et humide du petit matin. Le jour dort encore. La lumière des réverbères fait scintiller les flaques d'eau qui se sont formées lors de l'averse de cette nuit. En haut, le ciel étoilé, tranquille, présente toujours une obscurité profonde, laissant filtrer quelques lueurs de l'aube à l'horizon.

J'enfourche ma bicyclette, donne un coup de pédale, parcours quelques mètres dans la rue Brise-Lames lorsque la voix essoufflée de Joseph me parvient :

— Hé ! Moins vite !

Je freine et me retourne pour le voir s'approcher à grandes enjambées, tout engoncé dans son uniforme de policier. Cela ne lui ressemble pas d'être à pied d'œuvre dès potron-minet.

— Joseph ? Que faites-vous dehors à cette heure ?

Il arrive finalement à ma hauteur, hors d'haleine, et s'appuie un instant sur ses genoux, cherchant à recouvrer sa respiration.

— Il faut bien que quelqu'un… s'occupe de cette enquête, vu que… tout le monde préfère buller… dans son lit, maugrée-t-il, le visage rougi par l'effort.

— Pour votre gouverne, c'est un jour de semaine, Joseph, protesté-je, levant les yeux au ciel. Les gens bossent ! Alban fera bientôt classe à ses élèves, Véronique ira travailler chez les Botrel, mon père restera cloîtré au manoir sur ordre de votre oncle, et ma mère… Disons que c'est un électron libre !

— Je n'ai rien à reprocher à votre mère. Elle a rapporté des informations très intéressantes de chez Mme Le Magorec, ce qui innocente complètement Henri Prigent. En revanche, j'ai toujours un doute concernant Mme Guézennec. J'y ai songé toute la nuit, et il me semble qu'elle n'a pas d'alibi. Que savons-nous de son emploi du temps d'hier matin, hein ? Absolument rien.

— Peut-être… Mais croyez-vous qu'elle se serait accusée du meurtre de son mari si elle était réellement coupable ?

Se grattant la moustache, Joseph paraît se plonger dans ses pensées.

— De toute façon, il suffira de passer par chez elle et de lui poser la question, fais-je, descendant de ma bicyclette. Mais écoutez, je dois vraiment commencer ma tournée, ou je vais prendre du retard.

— Je vous accompagne.

C'est ainsi que j'entame la distribution dans le quartier de l'église, m'arrêtant devant chaque porte pour glisser le courrier dans les fentes à lettres. Tel un bon soldat, Joseph marche à mes côtés, tenant mon vélo.

Il fait encore nuit quand nous gagnons le parvis de l'église, complètement désert. Nappé d'une brume vaporeuse, il semble s'être détaché du reste de Foisic et est comme plongé dans une dimension hors du temps. Aux clartés vacillantes des réverbères, je ne vois plus errer que nos ombres, collées à nos talons et cherchant à s'enfuir. Les façades des maisons, avalées par l'obscurité, ne nous laissent distinguer que des contours vagues. Mais mon ouïe aux aguets entend parfaitement le lointain miaulement d'un chat et de petits claquements répétés, très proches.

— Ces bruits, qu'est-ce que c'est ? demandé-je à Joseph, sur mes gardes.

— Mes… mes dents… Ce sont mes dents.

— Auriez-vous peur ?

— Qu'est-ce que vous… vous allez inventer ? J'ai… j'ai froid, un point c'est… c'est tout, ma vieille. Mais c'est… c'est fini… Voilà, c'est bon, je viens d'ordonner à mes dents d'arrêter de jouer des castagnettes.

Et les claquements cessent. Foulant avec précaution les pavés humides, je rejoins la double porte de l'église, puis me baisse dans le but de glisser dessous l'unique lettre destinée au curé. C'est alors qu'un grincement sinistre brise le silence ouaté et me donne la chair de poule. L'un des deux battants s'entrouvre lentement, une bouffée d'encens me soufflant au visage.

— Jade, attention ! m'avertit Joseph, qui est resté en retrait aux côtés de ma bicyclette.

Je ne l'ai pas attendu pour me relever et reculer de plusieurs pas. Emmitouflé dans un long manteau, une trousse à la main, un homme roux de grande taille et à la mine chiffonnée apparaît dans la lumière blafarde des réverbères. Je le reconnais sur-le-champ.

— Sapristi ! Vous m'avez fait une de ces peurs, s'écrie-t-il, une lueur de défi dans les yeux.

— Rassurez-vous, c'est réciproque, ronchonné-je.

— Dr Drésin ? s'exclame Joseph.

Clairement surpris de nous voir, le médecin s'avance, laissant la porte de l'église se refermer derrière lui en grinçant.

— Mademoiselle Beaumont… Jégou… Que faites-vous ici à une heure si matinale ?

— Je distribue le courrier, répliqué-je avec une désinvolture feinte.

Mais Joseph, avec sa franchise habituelle, fait entendre un tout autre son de cloche :

— Nous enquêtons sur l'affaire Guézennec. Et vous ?

— Je danse la java, ça ne se voit pas ? s'agace le Dr Drésin, arquant un sourcil.

— Vous vous moquez de nous ?

— Pas du tout, Jégou, je n'oserais pas. J'étais venu rendre visite au curé, qui était soi-disant à l'article de la mort.

— Georges serait-il malade ? m'inquiété-je.

— Pensez-vous ! Il est frais comme un gardon. Mais il a tant crié hier pour vendre ses fioles d'eau bénite qu'il se retrouve avec une extinction de voix. Et vu qu'il ne lui en faut pas beaucoup pour paniquer, il m'a appelé en pleine nuit. Il était terrifié à l'idée de ne pas pouvoir prêcher dimanche. Les paroissiens aiment tant ses sermons, vous comprenez ? nous explique le médecin, sarcastique à souhait.

— À ce sujet, j'aurais une petite question à vous poser, docteur, commencé-je. Auriez-vous des patients qui toussent, ces temps-ci ?

— En quoi cela peut-il vous intéresser ?

— Mon père était à l'étage lorsque Guézennec a été assassiné, et il est sûr et certain d'avoir entendu le meurtrier tousser.

— Comment était cette toux ? Grasse, sèche, sifflante, quinteuse ?

— Je n'en sais, hélas, rien du tout, déploré-je, sincèrement désolée. Et je crains que mon père ne puisse nous donner plus de précisions à ce sujet.

Resserrant les pans de son manteau autour de son cou, le médecin réfléchit un moment.

— La toux peut être le symptôme de nombreuses affections, comme la très redoutée Covid-19, bien sûr, mais aussi le H1N1, la grippe saisonnière, le rhume, la bronchite, la coqueluche, la pneumonie, l'asthme, la tuberculose…

Les claquements de dents reprennent. Je jette un regard par-dessus mon épaule. Agrippé au guidon de mon vélo, Joseph est blanc comme un linceul. Ses lèvres ont perdu toute couleur et, dans ses yeux écarquillés, je lis une terreur profonde. Cette fois-ci, ce n'est plus le froid qui met ses mâchoires en mouvement.

— Et n'oublions pas les simples irritations de la gorge dues à la pollution ou aux pollens, continue le Dr Drésin, insensible à la détresse du policier.

Car Joseph semble à deux doigts de s'évanouir, son teint étant maintenant devenu verdâtre.

— Cependant, le secret médical me contraint au silence. Je ne peux divulguer aucune information relative à mes patients.

— Je comprends, fais-je, non sans éprouver une certaine déception. Néanmoins, nous parlons ici d'un meurtre, docteur. La situation est d'une extrême gravité.

Haussant les épaules, le Dr Drésin pousse un profond soupir. Et sa moue moqueuse s'efface au profit d'un rictus désabusé.

— Les gens ne me disent pas tout. Certains préfèrent s'adresser à Mevel. D'autres passent directement par le pharmacien. Vous devriez tenter votre chance auprès d'eux. Ils sauront mieux que moi qui a eu besoin de remèdes antitussifs ces derniers jours.

— Mais si je vous donnais quelques noms ? insisté-je.

— Vous êtes une coriace dans votre genre. Essayez toujours, me dit le Dr Drésin qui semble mesurer le sérieux de ma requête.

— Yvonne Le Roux ? Vous a-t-elle consulté récemment pour un problème de toux ?

Il hésite un instant, puis secoue la tête.

— Elle n'a jamais fait appel à moi.

— Et Yvon Briand ? s'exclame Joseph qui a retrouvé des couleurs, ainsi que l'usage de la parole.

— Idem ! Ces deux-là ne font pas partie de mes patients.

— Et pour Pierre Mevel ?

— Allez plutôt le lui demander, bougonne le Dr Drésin avant de nous fausser compagnie.

ENA FITZBEL

Chapitre 18

Comme Pierre Mevel ne se trouve pas chez lui, nous toquons à la porte de sa voisine. Elle nous informe qu'il s'est rendu à la fontaine miraculeuse. Aidée de Joseph, je boucle rapidement ma tournée dans les quartiers de l'église et de la mairie. Après avoir déposé mes sacoches de courrier ainsi vidées au bureau de poste, je récupère les deux suivantes. Puis nous rejoignons la zone pavillonnaire, où nous empruntons l'étroit sentier niché entre deux propriétés.

En débouchant dans le champ de pierres en contrebas de la falaise, je suis de nouveau frappée par le contraste saisissant entre les teintes rousses et dorées de la bordure feuillue du quartier, d'une part, et l'éclatante blancheur du calcaire, de l'autre. Quand le règne végétal rencontre le monde minéral, c'est un peu comme si la mort s'invitait chez les vivants.

— Eh zut ! Il n'est pas tout seul, se plaint Joseph tandis que nous découvrons l'attroupement formé tout contre la haie des Guézennec.

De fait, la fontaine miraculeuse attire aujourd'hui une foule conséquente et singulièrement calme. Seraient-ils tous en train d'écouter quelque prêchi-prêcha de leur gourou Pierre Mevel ? Il faut dire qu'il n'a pas son pareil pour embobiner les gens avec ses histoires de sources guérisseuses. N'est-ce pas dans la salle d'attente de son cabinet que l'on peut lire d'antiques adages du genre : « La fontaine de Saint-Bieuzy préserve de la rage, à condition qu'on en fasse trois fois le tour, la bouche pleine d'eau » ou encore « Qui se rase près de la fontaine de Saint-Nicodème évite la grippe et la variole. »

Cherchant à deviner qui fait cercle autour de lui, je scrute la petite assemblée. Je peine à distinguer les visages, mais plusieurs silhouettes me sont familières. La vieille dame collectionneuse de timbres du nom de Broudic est de la partie. Elle serre entre ses mains son gobelet de curiste comme s'il s'agissait d'un trésor. Il y a aussi le marin-pêcheur bourru connu sous le sobriquet du Tarluchien. Il serait intéressant de recueillir son emploi du temps d'hier matin dans la mesure où il envisageait de ratatiner le nez de Stéphane Guézennec.

— Regardez, c'est l'assistant d'Yvon Briand, me chuchote Joseph. On pourra l'interroger au sujet de son patron.

Effectivement, j'aperçois le jeune garçon roux couvert d'acné et de taches de son. Il tient deux gros jerricanes dont le contenu entrera probablement dans la composition de la pâte à pizza.

— Vous le voyez ? poursuit Joseph après m'avoir donné un méchant coup de coude dans les côtes.

— Hé ! Doucement, ça fait mal.

— Ben au moins, ça vous réveillera un peu, ma vieille. Vous dormez debout.

— Je ne dors pas, maugréé-je. Je plisse les yeux pour me protéger de la luminosité ambiante.

Là-dessus, une femme au tablier taché nous hèle de la main, nous encourageant à approcher. C'est Francine, la marchande de poissons au langage franc et direct.

— On y va ? me lance Joseph.

Ayant appuyé mon vélo électrique contre une clôture, je suis un peu plus libre de mes mouvements et lui emboîte le pas. Une voix familière capte mon attention. Une voix que je reconnaîtrais entre mille.

— Le calcaire est poreux, il est étonnant qu'une telle source puisse émerger dans de telles conditions…, pontifie son propriétaire.

— Mais que fait votre père ici ? souffle Joseph dans un murmure contrarié.

Je brûle de le savoir ! Ordre lui a pourtant été donné de ne pas quitter le manoir. Si le brigadier-chef venait à l'apprendre, sa fureur serait redoutable. Rien que d'y penser, j'en frémis.

— Ce qui n'empêche pas cette source de couler, Franck, dit Pierre Mevel, que je suis dans l'incapacité d'apercevoir. Oui, elle coule pour soulager les peines des villageois.

— Ça, c'est ben vrai ! l'acclame Mme Broudic qui lève sa timbale de curiste. À la bonne vôtre !

— Et elle nous rendra tous les jours un peu plus forts, ajoute le guérisseur.

— *Ne c'houzanver ket ann dienez ken a ve eat ar feunteun da hesk*[5], déclame un

---

[5] Expression bretonne signifiant : *on ne souffre pas de la disette tant que la fontaine n'est pas allée à sec.* (N.d.A.)

papy voûté tout en mâchonnant sa pipe.

— T'est la sagesse incarnée, Piss-piss ! le félicite le Tarluchien.

— Je n'en disconviens pas, Pierre, admet mon père comme si de rien n'était. Cependant, j'ai bien peur qu'au contact de cette roche calcaire, l'eau ne se charge en ions Ca^{2+} et HCO_3^-. Immanquablement, du carbonate de calcium ne tardera pas à se déposer autour de la brèche et finira par l'obstruer. Selon mes prévisions, c'est une question de jours avant que la source s'assèche complètement, prédit-il, soulevant de violents murmures.

Sans cesser d'exprimer son mécontentement, l'attroupement s'écarte à notre approche ; l'uniforme de Joseph produit souvent cet effet. Peu à peu, la clameur indignée se calme, et les regards convergent vers nous. Certains visages affichent de la méfiance, d'autres de la curiosité, mais tous ces gens nous laissent passer sans regimber.

Dès lors, j'aperçois la fontaine, toujours aussi fascinante avec ses reflets bleutés, et j'entends nettement son doux clapotis. Tout au bord de la large vasque en forme de coquillage m'apparaissent deux hommes agenouillés. Le premier est mon père, occupé à promener le faisceau laser de son analyseur portable Z-903 sur les rochers entre lesquels jaillit la source. Comme un et un font deux, il sera bientôt en mesure de nous fournir leur composition chimique exacte. À ses côtés, Pierre Mevel, tout de blanc vêtu, manipule méticuleusement des fioles et des ustensiles étalés devant lui. Sans doute prépare-t-il l'un de ses fameux élixirs !

Debout à deux pas d'eux, un homme en costume trois pièces noir et coiffé d'un chapeau de feutre prend des notes avec une rigueur toute scientifique. Sa figure hâve et ses petits yeux d'ours auraient de quoi inquiéter le profane. J'ai fait sa connaissance le mois dernier, et je puis vous assurer que vous n'avez rien à craindre de lui.

Sa présence en ces lieux ne me surprend guère. En sa qualité d'archiviste au sein des Archives départementales du Finistère, M. Thomas est régulièrement appelé par des particuliers pour certifier l'authenticité de biens patrimoniaux bretons tels que des épées celtiques, de la vaisselle en faïence de Quimper, de vieilles médailles de baptême, d'antiques catholicons – ces dictionnaires rédigés en breton, latin et français, et utilisés au Moyen Âge. Pierre Mevel l'aura vraisemblablement sollicité afin qu'il atteste le caractère miraculeux de la source.

— Monsieur Beaumont, vous ne devriez pas être ici, le réprimande Joseph. Que va dire mon oncle ?

— Personne ne résiste à l'attrait de la fontaine, intervient le guérisseur. Jade, Jégou ! Vous tombez à pic. Nous avons besoin de vous.

— Moi ? questionné-je, n'en croyant pas mes oreilles.

— Non, ma chère Jade, pas vous. C'est Jégou qu'il nous faut.

— Ah oui ? Et pourquoi donc ? réagit aussi sec Joseph, avec un étonnement mêlé de défiance.

— Le bouton… Le bouton… Le bouton…, scandent en chœur quelques-uns des fidèles dont l'impatience se manifeste par un niveau sonore élevé.

— Du calme, mes amis, leur enjoint le guérisseur, levant la main dans un geste d'apaisement. La *vox populi* a parlé, Jégou, vous l'avez entendue. Il nous faut un bouton de votre uniforme. C'est l'unique moyen de reproduire le miracle dont nous avons tous été témoins mardi.

— On veut l'même qu'la dernière fois, intervient Mme Broudic.

— Celui qui fait plein de bulles, ajoute une jeune femme très maigre et aux grands yeux sombres.

— Je l'ai recousu, leur oppose Joseph, exhibant sa manche. Et il ne bougera pas de là.

— Allons, m'sieur Jégou, faites pas vot'bégueule. C'est pas comme si on vous d'mandait d'vous mettre à poil, lui lance la commerçante du marché aux poissons, saluée par des éclats de rire.

D'un claquement de langue, M. Thomas impose le silence.

— J'espère ne pas avoir fait tout ce chemin pour rien, gronde-t-il, foudroyant la foule de ses petits yeux d'ours. Je ne suis pas ici pour folâtrer.

— Vous me décevez, Jégou, déclare alors Pierre Mevel avec gravité. Je comprends que vous soyez attaché à votre uniforme, mais vous ne devriez pas minimiser l'importance de cette réunion. M. Thomas ne peut pas nous consacrer toute la journée. Son temps est précieux.

Un murmure d'assentiment parcourt l'assemblée. Les regards se tournent vers Joseph. La pression qui pèse sur ses épaules est palpable. Quant à mon père, il a l'air de s'amuser comme un fou, son sourire condescendant en dit long sur la façon dont il considère les villageois ci-présents.

— Il faudra vous trouver un autre cobaye, s'entête Joseph, serrant instinctivement ses bras contre lui. Pourquoi n'iriez-vous pas demander à mon oncle ? Nous portons les mêmes uniformes, après tout.

— Y voudra pas. Y'est pas commode, le brigadier-chef, commente Mme Broudic.

— Un vrai pète-sec ! ricane Francine.

— Sûr qu'y nous f'ra remplir son affreuse paperasserie, renchérit le Tarluchien.

Profitant de cette parenthèse pendant laquelle chacun avance ses arguments, je me tourne vers le guérisseur.

— Pierre ! Puis-je vous poser une question un peu… personnelle ? commencé-je, essayant d'adopter un ton neutre.

Il me jette un regard interrogateur, ses yeux bleus pétillants de malice.

— Avec grand plaisir, Jade. Je ne peux rien vous refuser. Surtout après ce que votre mère et vous avez fait pour moi. Comment pourrais-je oublier que vous m'avez sauvé la vie ?

Là, il fait certainement allusion à l'affaire du renard chapardeur.

— J'espère simplement que vous ne souhaitez pas connaître le secret de mes potions, me taquine-t-il. Je ne pourrai pas vous le révéler.

— Rassurez-vous, je ne cherche rien de tel, répliqué-je avec un sourire complice. Je voulais juste savoir ce que vous faisiez hier matin.

Il éclate de rire, d'un rire franc et sincère et, après avoir repris son sérieux, il me dit d'un ton faussement choqué :

— Vous pensez que je suis responsable de la mort de Guézennec ?

Je rougis légèrement. Embarrassée, je balbutie :

— Non, je… C'est… Voyez-vous, mon père est considéré comme le principal suspect dans le meurtre de Guézennec. Je cherche donc à rassembler le plus d'informations possible afin de le disculper.

— Ah, si c'est pour aider Franck, ça change tout ! Hier, je vendais mes remèdes sur le marché. En face de l'école primaire, sur la place de la Mairie. Mon stand ne désemplissait pas. Je n'en ai pas bougé. Herveline Kervellec pourra vous le confirmer, elle était avec moi pour m'assister. Cela a été une journée particulièrement animée. Beaucoup de gens sont venus me parler.

— À propos de la fontaine ?

— Exactement, me répond le guérisseur, son regard s'assombrissant légèrement. Vous n'ignorez pas que Guézennec voulait faire payer l'eau de la source. Une décision qui, comme vous le savez, n'était guère appréciée par bon nombre d'entre nous. Et je dois avouer… que cela ne me plaisait pas davantage. Mais de là à l'assassiner, c'est une idée qui ne m'aurait jamais traversé l'esprit. J'ai trop de respect pour la vie sous toutes ses formes. Si tel n'était pas le cas, je n'exercerais pas ce métier.

— Je vous crois bien volontiers, Pierre. Connaîtriez-vous quelqu'un que cela n'aurait pas dérangé de tuer Guézennec ?

— Hélas, non. Mes patients sont tous d'honorables citoyens. Ils aboient plus qu'ils ne mordent.

— J'aurais une dernière question à vous poser…, continué-je, cherchant les mots justes. C'est délicat… En votre qualité de thérapeute, vous recevez beaucoup de gens. Je me demandais si vous n'auriez pas parmi eux quelqu'un…

— Quelqu'un qui tousse, n'est-ce pas ? Ne soyez pas surprise, Franck m'en a déjà parlé. Un homme très intelligent, votre père, soit dit en passant ! Ensemble, nous avons pu déterminer que le meurtrier se raclait tout simplement la gorge. Tout porte à croire qu'il est atteint d'un reflux gastro-œsophagien.

— Et ?

— Ils sont une bonne trentaine à en souffrir à Foisic. Sans compter ceux qui ne se soignent pas et dont je n'ai pas connaissance.

— Qu'en est-il d'Yvon Briand et de Mme Le Roux ?

— Ils ne sont pas mes patients, répond Pierre Mevel doucement. Je ne peux pas vous fournir d'informations à leur sujet. Pourquoi ne demanderiez-vous pas au docteur Drésin ?

— Il n'en sait pas plus que vous.

Je laisse échapper un soupir que je pensais discret, mais il s'en aperçoit.

— Gardez confiance, Jade, me dit-il gentiment. Un jour pas si lointain, vous trouverez le coupable.

— Je l'espère. Tout semble si confus.

— Allons, pas de défaitisme inutile. Avec le temps, tout s'éclaircira. La vérité a cette manière particulière de se frayer un chemin.

Et avec un clin d'œil, il ajoute :

EAUX TROUBLES AU MANOIR DE TANTE AGLAÉ

— Tout comme l'eau de notre fontaine miraculeuse !

ENA FITZBEL

Chapitre 19

Joseph et moi nous sommes remis en marche, laissant la fontaine derrière nous. Lui avance d'un pas énergique, la tête basse et l'air maussade. Je le suis tant bien que mal tout en poussant mon vélo électrique.

— Regardez-moi ça ! s'exclame-t-il soudainement, levant un bras et un pan de sa veste pour me les montrer. Ces imbéciles heureux m'ont arraché trois boutons.

— Mais ils vous les ont rendus, non ?

— Oui, mais dans quel état ! Ils ont presque perdu toutes leurs dorures.

Je conçois parfaitement ses contrariétés. Toutefois, le souvenir de mon père menant diverses expériences sur ses boutons – notamment celle de les tremper dans l'acide – me soutire un sourire.

— Devinez qui va devoir s'atteler à la couture ce soir au lieu de profiter de sa série favorite ? se plaint-il.

— Et c'est laquelle, votre série préférée ? lui demandé-je, essayant de le détourner de ses idées fixes.

— Une rediffusion des *Experts*. Mais ne changez pas de sujet. Rien ne va plus dans ce foutu bled. Mon uniforme ne ressemble plus à rien. Les gens se passionnent pour les bulles d'une fontaine. Votre père joue les filles de l'air, en plus de massacrer mes affaires. Et notre meurtrier court toujours.

— Que d'exagération ! Et d'abord, mon père n'a pas l'intention de quitter le village. Il m'a promis de rentrer directement au manoir dès que Pierre Mevel et lui en auraient fini avec l'employé des Archives départementales.

— J'ai l'impression qu'ils sont copains comme cochons, tous les deux, commente Joseph. Aussi arrogants l'un que l'autre.

— Comme vous y allez !

— Je ne dis que la vérité, ma vieille. Ne le prenez pas mal, mais votre père se croit sorti de la cuisse de Jupiter. C'est parfois très désagréable. Mais parlons d'autre chose. Qu'avez-vous appris de Mevel ?

— Rien qui puisse réellement nous avancer, répliqué-je sèchement, irritée par ses jugements à l'emporte-pièce. Son alibi est solide comme un roc. Il était au marché toute la journée, en train de vendre ses remèdes. La forte affluence à son stand l'a empêché d'en bouger.

— Ça, c'est ce qu'il prétend !

— Je le soutiens également ! déclaré-je avec humeur. Si vous avez des doutes, discutez-en avec Mme Kervellec. Elle est restée auprès de lui tout hier. Elle pourra attester qu'il n'a pas quitté son étal. Mevel est innocent.

— D'accord, d'accord…, capitule Joseph qui lève les mains en signe de reddition. J'interrogerai cette dame, et nous verrons bien.

— Il m'a aussi confié que ni Mme Le Roux ni Yvon Briand ne figuraient parmi ses patients. Selon lui, la toux du meurtrier pourrait être causée par un reflux gastro-œsophagien.

— Charmant ! grimace-t-il. De mon côté, j'ai parlé avec l'assistant d'Yvon Briand. C'est à croire qu'il a un pois chiche dans la tête. Impossible de tirer quoi que ce soit de lui. Il n'a pas été fichu de se souvenir de la journée d'hier ni encore moins de l'emploi du temps de son patron. J'ai aussi eu une petite conversation avec le Tarluchien. Vous savez, c'est le marin-pêcheur qui en voulait au pif de Guézennec. Visiblement, il se sentait morveux de m'avoir arraché un bouton, car il a accepté de répondre à mes questions. Il m'a assuré qu'il était en mer au moment du crime. Piss-piss l'a confirmé…

— Piss-piss ? De qui s'agit-il ?

— C'est ce vieux bonhomme qui n'arrête pas de mâchouiller sa pipe. Il paraîtrait qu'il a du mal à viser droit dans les toilettes, d'où son surnom, ricane Joseph avant de croiser mon regard réprobateur et de se raidir. Enfin bref, Piss-Piss est en charge de la réparation des filets du Tarluchien. Il s'en occupe toujours dès le retour du bateau, qu'il guette avec une certaine impatience. Or hier, Piss-Piss a dû attendre assez longtemps : le Tarluchien n'est rentré qu'après quinze heures.

— Ce qui signifie que le Tarluchien n'est pas notre homme.

— Nous revoilà à la case départ, comme le dirait si bien votre mère, soupire-t-il d'un air résigné.

Alors que nous nous apprêtons à quitter le quartier pavillonnaire, Joseph s'arrête brusquement au beau milieu du trottoir. Prise au dépourvu, je manque de le percuter, et mon tibia se cogne contre le pédalier de mon vélo électrique. Autant vous assurer que je ne me gêne pas pour incendier le fautif.

— Mais faites attention ! m'énervé-je. Et après, vous osez critiquer Piss-piss !

— Regardez !

Tout en frottant ma jambe endolorie, je lève les yeux et découvre l'objet de son intérêt. Une charmante bâtisse bretonne aux murs de pierre et aux volets bleus. Le jardin est superbement entretenu. Avec ses couleurs pourpres et dorées, il ressemble à un tableau célébrant l'automne.

— Quoi donc ? demandé-je, sur la défensive.

— Là, derrière la haie, chuchote Joseph, désignant une frêle silhouette qui saille d'un bosquet. C'est Mme Le Roux.

Après une observation attentive, je distingue une vieille dame légèrement voûtée qui vaque à la taille d'hortensias. Avec ses cheveux blancs tirés en un chignon serré, sa blouse fleurie et ses lunettes à monture dorée, elle semble tout droit sortie d'un roman d'Agatha Christie.

— Venez, nous allons l'interroger, ajoute Joseph qui se dirige déjà vers elle.

Ayant remarqué sa présence, Mme Le Roux lui adresse un salut chaleureux de son sécateur.

— Joseph ! s'écrie-t-elle avec un mélange de joie et de reproche dans sa voix nasillarde. Toujours à traîner par ici, mon cher garçon ! Dites à votre oncle que je n'ai rien emprunté à personne récemment… Oh, mais c'est notre factrice, que voilà ! Jade, n'est-ce pas ? Remerciez votre maman pour les chocolats, ils sont délicieux. Et ce Rimbaud, quel amour de chat !

— C'est un cleb… un chien, madame, rectifie Joseph.

— Ce n'est pas le sien ? s'enquiert Mme Le Roux, perplexe. Mais Mme Beaumont m'a pourtant affirmé que cet adorable siamois appartenait à sa fille.

— Il est effectivement à moi, acquiescé-je tout fort. Et en fait, il s'agit d'un teckel.

— Il est irrationnel ? Oh, le pauvre ! J'avais bien vu que ce chat n'était plus tout jeune.

Joseph et moi échangeons un regard interdit. Mais avant que nous ayons pu rétablir la vérité, la pétillante vieille dame nous convie à l'intérieur.

— J'ai justement préparé du thé avec l'eau de la fontaine miraculeuse, venez.

— Euh, c'est-à-dire que… Nous sommes en pleine enquête, esquivé-je.

— Quoi ? Une fête ?

— Non, nous enquêtons, hurle Joseph, les joues rouges d'exaspération.

— Si c'est pour acheter du thon, ça peut attendre, rebondit Mme Le Roux qui ouvre grand le portillon de son jardin. La halle ne ferme qu'à dix-huit heures. Venez faire une petite pause chez moi, vous avez l'air épuisés.

Son insistance finit par payer. Car Joseph, mon vélo et moi la suivons jusqu'au perron de sa maison.

— La bicyclette restera à l'extérieur, nous indique-t-elle gentiment. Et n'oubliez pas de vous essuyer les pieds sur le paillasson.

Elle nous guide vers un salon cosy, aux murs tapissés d'un papier peint floral rose assorti à sa blouse. Éparpillés aux quatre coins de la pièce, des bibelots et des portraits encadrés conservent les souvenirs d'un passé révolu. Les meubles foisonnent dans chaque espace disponible, de sorte qu'il est difficile de se déplacer sans les heurter.

— Installez-vous, mes petits.

Ce disant, Mme Le Roux nous désigne des fauteuils garnis de coussins brodés et de plaids tricotés. Tandis que nous les rejoignons, notre hôtesse disparaît dans ce qui semble être une cuisine attenante. S'ensuit un silence rythmé par le doux tic-tac d'une pendule. Je le trouve apaisant. Il n'a pas l'heur de plaire à Joseph qui, l'air passablement agacé, se penche vers moi.

— Elle est sourde comme un pot, peste-t-il. Ça va être coton de l'interroger.

— Nous nous en débrouillerons, lui dis-je, réprimant un sourire amusé.

— Je voudrais vous y voir. Mais peut-être cherche-t-elle simplement à nous tourner en bourrique. Bon Dieu ! Si j'apprends qu'elle se fout de nous, elle va m'entendre.

Sur ces entrefaites, notre hôtesse revient, portant un plateau chargé à ras bord. Je me lève précipitamment pour l'aider, manquant de trébucher sur un tapis au passage. Ensemble, nous déposons sur la table basse la théière fleurie, les tasses assorties, une boîte de chocolats et une assiette de palets bretons.

— Souhaitez-vous du sucre, ma chère petite ? me demande Mme Le Roux qui se penche vers moi.

— Non merci, dis-je, accentuant chaque mot.

Elle opine du chef, la mine songeuse.

— Des glaçons, vraiment ? Mais il fait bien trop froid pour cela. Et vous, mon garçon ?

— Pas de sucre pour moi.

— Oh non, non, non ! Je ne verserai pas de vodka dans votre thé, s'oppose-t-elle, secouant vivement la tête. Que dirait votre oncle s'il apprenait que vous vous saoulez ?

Manifestement excédé, Joseph roule des yeux, et je dois me mordre la lèvre pour ne pas éclater de rire.

— Du thé, rien que du thé, madame, braille-t-il en détachant chaque syllabe. Et sachez que je ne bois jamais d'alcool pendant le service.

— Puisque vous ne voulez rien boire, je n'insisterai pas.

Affichant une mine vexée, la vieille dame relève le menton et remplit deux tasses de thé chaud – et pas une de plus ! Elle me tend la première, ainsi que l'assiette de biscuits, et garde la seconde pour sa propre consommation. Puis elle ouvre la boîte de chocolats et en dévore un.

— Votre maman les a bien choisis, Jade, roucoule-t-elle, aux anges.

— Rien pour moi ! ronchonne Joseph, avant de scander, remonté à bloc. Quel était votre emploi du temps d'hier matin ?

Notre hôtesse avale une gorgée de sa boisson, puis répond le plus naturellement du monde :

— Vous n'avez pas besoin de crier, mon garçon, je vous entends parfaitement. Donc, mon emploi du temps d'hier matin… Je jardinais !

— Vous… vous n'êtes plus sourde ? bégaie Joseph.

— C'est grâce à l'eau de la fontaine miraculeuse, réplique-t-elle d'un ton espiègle.

Cependant, je remarque qu'elle porte un appareil auditif. Une découverte qui explique bien des choses, surtout si l'on considère qu'elle vient tout juste de l'activer.

— Je tiens à ajouter que je n'ai pas tué M. Guézennec. C'est vrai qu'il m'a fait mal au poignet, mais je ne lui en voulais pas. Je n'ai pas davantage de problèmes de toux, je l'ai déjà mentionné à la maman de Jade. Comme je lui ai expliqué, je suis restée dans mon jardin depuis l'aube jusqu'à midi et demi. Elle souhaitait également savoir si j'avais vu le charmant cousin des frères Prigent ou Mme Guézennec. Je lui ai répondu que le jeune homme était effectivement passé devant chez moi aux alentours de dix heures et qu'il avait quitté le quartier peu après. Par contre, je n'ai pas aperçu la malheureuse veuve de toute la matinée.

— Vous en êtes certaine ? intervient Joseph, suspicieux.

— Absolument ! insiste la vieille dame, ajustant ses lunettes. J'ai l'œil ! Rien ne m'échappe. Et mon jardin offre une vue imprenable sur la rue.

Mais alors qu'elle affichait un sourire triomphant, son expression change subitement du tout au tout. Son visage se froisse et ses paupières se plissent, comme si un souvenir désagréable lui revenait en mémoire.

— Toutefois, il y a un détail que j'ai omis de mentionner à votre maman, Jade.

Joseph et moi nous redressons, suspendus à ses lèvres.

— Continuez, l'encouragé-je.

— Il y avait… Comment dirais-je… C'était curieux… Des chats couraient partout dans la rue.

Je retiens un sourire. Joseph semble à bout de patience.

— Nous recherchons un meurtrier, madame, et non des chats en balade, rétorque-t-il.

Levant un sourcil candide, Mme Le Roux boit une nouvelle gorgée de thé.

— Chaque détail compte, jeune homme. Comme voir Filomena passer devant chez moi à huit heures trente. Elle se dirigeait vers le centre du village, où se situe votre manoir, Jade. Elle pourrait bien être mêlée à votre affaire.

— Si on devait suspecter tous ceux qui se sont rendus au marché, on ne serait pas sortis de l'auberge, grommelle Joseph.

— Je ne pense pas que Mme Dubois soit une criminelle, tempéré-je gentiment.

— Oh ! Elle en serait bien capable. C'est une méchante femme. Elle raconte à qui veut l'entendre que je suis une voleuse. Mais c'est faux !

Je jette un regard à Joseph, qui bout littéralement sur place.

— Madame Le Roux, nous apprécions réellement votre aide, dis-je alors d'une voix douce. Vos observations pourraient nous être utiles. Mais nous devons y aller.

— Ah, la jeunesse, toujours pressée ! soupire-t-elle, reposant sa tasse sur la table basse. Avant que vous partiez, j'ai quelque chose pour vous.

Elle se dirige vers une commode et en sort un petit objet.

— C'est à votre maman, Jade. Elle l'a laissé ici plus tôt.

Mince ! Le portefeuille de ma mère. La vieille dame ouvre ensuite un autre tiroir et en tire une écharpe d'un rouge criard en laine.

— Vous lui remettrez ceci de ma part.

ENA FITZBEL

Chapitre 20

Bien que nous ayons mangé à notre faim hier soir, nous ne sommes pas venus à bout du buffet de gratitude. Il reste encore de quoi nous sustenter : un pâté de campagne aux saveurs rustiques, des salicornes croquantes en marinade, du taboulé et un authentique far breton pour le dessert. Mes parents et moi n'avons plus qu'à nous en régaler.

Joseph n'a pas pu se joindre à nous. À son grand dam, son oncle a requis sa présence au poste de police. Retenu par des obligations administratives, il croule actuellement sous la paperasserie. Je ne serais pas étonnée d'apprendre que des MC113 en font partie.

Cela nous donne l'occasion d'un repas en famille dans la chaleureuse cuisine du manoir. Mon père est assis en bout de table, ma mère à sa droite, et moi en face d'elle. Sans oublier Rimbaud qui, tel un chenapan gourmand, guette le moindre morceau susceptible de nous échapper.

Tandis que je mastique ma première bouchée, ma mère sort le portefeuille que je lui ai rapporté et nous le montre.

— Encore merci, Jade, me dit-elle. Je craignais de l'avoir définitivement perdu. Je me suis rendu compte de sa disparition quand j'étais chez le pharmacien. Je voulais lui demander si l'un de nos suspects consommait des sirops pour la toux. J'ai donc commencé par lui en acheter. Mais au moment de payer, je n'ai pas trouvé mon portefeuille. J'ai paniqué et j'ai quitté la pharmacie sans poser la moindre question. C'est idiot, n'est-ce pas ?

— Ce ne sera que partie remise, la rassure mon père, lui adressant un sourire réconfortant.

— Pour ma part, je n'ai guère progressé dans mes recherches, avoué-je. Toutefois, je suis persuadée de l'innocence de Mme Le Roux.

— Elle a beau être innocente, elle a des doigts sacrément baladeurs, ajoute ma mère avec une légère pointe de dérision.

— Tu devrais la remercier, Irène. Grâce à elle, tu possèdes maintenant une écharpe à la mode, se gausse gentiment mon père.

Un gloussement s'échappe des lèvres de ma mère, ce qui paraît déplaire à Rimbaud. Les oreilles en arrière, mon compagnon à quatre pattes se lève en sursaut et aboie après elle, visiblement contrarié.

— Où as-tu laissé l'écharpe ? demandé-je en caressant mon chien pour le calmer.

— Je l'ai accrochée au portemanteau de l'entrée. Au moins, cette mésaventure aura ajouté un accessoire indispensable à ma garde-robe d'hiver. Cela dit, cette brave dame m'a livré un détail intrigant.

Ma mère s'interrompt net pour nous dévisager tour à tour. Mon père et moi attendons la suite avec impatience, nos fourchettes suspendues dans les airs.

— Elle m'a certifié que Mme Guézennec n'était pas passée devant chez elle hier matin. Henri Prigent, quant à lui, a fait un rapide aller-retour vers dix heures.

— C'est ce qu'elle nous a aussi dit lorsque Joseph et moi lui avons rendu visite.

— Soit ! Mais sa rue est l'unique voie d'accès à la maison des Guézennec. Il n'y en a pas d'autres.

Je fronce les sourcils, essayant de connecter les pièces du puzzle.

— Nous pouvons en déduire qu'Henri s'est bien rendu chez Mme Guézennec aux alentours de dix heures, pour finalement ne pas la trouver, raisonné-je tout haut.

— Cela expliquerait pourquoi il s'est accusé du meurtre de Guézennec, intervient mon père après un bref instant de réflexion. Il craignait probablement qu'elle ne se soit absentée pour aller tuer son mari.

— En réalité, Mme Guézennec n'a pas bougé de chez elle de toute la matinée, déclare ma mère. Mais j'imagine que quand Prigent a sonné à sa porte, elle ne lui a pas ouvert, de peur que tout le quartier n'apprenne leur liaison.

— Tout semble concorder, remarqué-je. Elle a endossé le crime de son mari, pensant que son amant était le coupable.

— Rendons-lui une petite visite cet après-midi, me propose ma mère. Nous y verrons peut-être plus clair. Nous pourrions ensuite passer à la pizzeria. Personne n'a encore interrogé Yvon Briand, que je sache.

— Sans oublier de faire un crochet par la pharmacie ! lui rappelle mon père.

— Tout à fait, Franck. Et toi, tu resteras bien sagement ici.

À mon tour, j'acquiesce et me reconcentre sur mon délicieux repas. Ma mère en fait autant. Le visage illuminé par un sourire ironique, mon père saisit l'occasion pour nous raconter sa matinée.

— Je ne regrette pas du tout ma petite virée de tout à l'heure. Vous auriez dû nous voir à l'œuvre, Pierre et moi. Nous formions une bonne équipe, se vante-t-il. Armés d'arguments infaillibles, nous avons convaincu M. Thomas de soutenir la candidature de la source au titre de bien d'utilité publique.

Il s'esclaffe, fier de son exploit.

— Mevel est une force de la nature, il a défendu son bifteck comme un champion, poursuit-il. Quant à moi, j'ai mis en avant mes analyses qui, j'en suis sûr, ont fait mouche. Ah ! Et il aurait fallu voir la tête de Joseph quand nous avons utilisé les boutons de son uniforme pour des tests. Le pauvre ! On aurait dit qu'il allait s'évanouir.

Ma mère et moi ne pouvons que partager son hilarité expansive. Le repas se termine dans la bonne humeur, et ce, malgré l'épée de Damoclès suspendue au-dessus de nous. Mon père n'est-il pas toujours accusé du meurtre de Guézennec ? Ne risque-t-il pas la prison ?

Suivie de près par Rimbaud, je monte me rafraîchir un peu. Mon fidèle teckel semble décidé à ne plus vouloir me lâcher d'une semelle. Peur de l'abandon, quand tu nous tiens !

— Tu viendras avec moi chez Mme Guézennec, n'aie crainte, lui murmuré-je dans le but de le rassurer.

Au sortir de la salle de bains, j'ai la surprise de trouver mon père campé devant ma chambre, un télémètre laser à la main et ma mère à ses côtés.

— Ah, Jade ! Tu tombes bien. Pourrais-tu nous ouvrir ? me demande-t-il tout en désignant ma porte fermée à clé.

— Pourquoi ? lâché-je, sur mes gardes.

— C'est la seule pièce du manoir que je n'aie pas inspectée.

— Je t'ai déjà expliqué, Franck, que Jade tenait à sa vie privée, argumente ma mère qui a parfaitement compris les enjeux.

Malin comme il l'est, mon père ne tarderait pas à découvrir l'existence du passage dérobé si on accédait à sa requête. Par chance, il n'insiste pas, mais il n'abandonne pas ses lubies pour autant.

— Venez, j'ai quelque chose d'étrange à vous montrer, nous lance-t-il, dirigeant ses pas vers l'escalier.

Nous nous rendons ainsi au second étage. Comme l'électricité n'y a pas été installée, nous allumons tous nos lampes torches pour éclairer le couloir dans lequel nous débouchons. Bien moins long que celui qui dessert ma chambre, il conduit à une unique porte. Laquelle donne accès au grenier. Je pensais qu'il serait plongé dans l'obscurité. Mon père ayant ouvert tous les volets, il baigne dans la lumière provenant de trois fenêtres, dont deux offrent une vue saisissante sur la falaise de craie blanche.

C'est une pièce mansardée qui regorge de toiles d'araignées au plafond et de poussière au sol. De peur que Rimbaud ne la respire, je le prends dans mes bras. Il y a également beaucoup d'artefacts de l'Égypte ancienne. Ma grand-tante Aglaé les avait amassés dans les vitrines ornant les murs : statuettes dorées de déesses, amulettes en pierres semi-précieuses, bijoux. Ils sont désormais sous ma protection. Néanmoins, ce n'est pas leur éclat qui retient l'attention de mon père. Sans autre préambule, il s'approche du mur du fond, dépourvu de fenêtres, et se met à le longer.

— D'après mes calculs, le grenier devrait être beaucoup plus grand, nous dit-il d'un air calme et confiant.

Ma mère, Rimbaud et moi le regardons, fascinés, tandis qu'il tapote doucement la paroi défraîchie. Au début, les sons produits sont mats, à peine audibles. Mais après que mon père a avancé de quelques pas, les bruits changent et deviennent plus éthérés. Il s'arrête alors et frappe de nouveau, plus fort cette fois.

— Vous entendez ? s'exclame-t-il, sa voix empreinte d'excitation. Cela sonne creux ici. Il y a forcément quelque chose derrière. Je n'ai pas trouvé de mécanisme d'ouverture. C'est dommage, parce que je crains fort de devoir abattre la cloison. Jade, je voudrais avoir ton accord avant d'entreprendre quoi que ce soit.

Roulant des yeux, je le dévisage, consternée.

— Tu n'envisages tout de même pas de démolir mon manoir, papa ? me récrié-je.

Il semble chercher ses mots, certainement pour tenter de me convaincre du bien-fondé de son projet. Par chance pour ma santé mentale, ma mère le coupe dans son élan.

— Attends, Franck, tranche-t-elle. Laisse-moi essayer la méthode douce.

Elle s'accroupit au pied du mur et, tout en passant ses doigts sur le haut de la plinthe, elle soulève une nuée de poussière.

— Saleté d'allergies ! grogne-t-elle après avoir lâché une salve d'éternuements.

— On dirait que la manière douce ne marche pas, se moque mon père.

Elle lui jette un regard courroucé, puis recommence, cette fois-ci en promenant ses doigts dans l'interstice laissé entre la moulure et le parquet. Quelques secondes plus tard, un déclic retentit. À ma grande surprise, le mur se met à bouger, et une section de la taille d'une porte se décale pour révéler une ouverture.

— Les vieux films à énigmes m'ont toujours inspirée, raille ma mère avec un clin d'œil complice.

— Quelle perspicacité ! la complimente mon père, admiratif.

Je suis tout aussi impressionnée. Qui aurait cru que ma mère serait prête à plonger les mains dans la poussière pour résoudre un mystère ? Et dire qu'elle nous sermonnait, mon frère Béryl et moi, quand on rentrait maculés de boue après nos escapades au jardin, tandis que ma sœur Opale jouait les saintes-nitouches !

— Et si on regardait ce qu'il y a derrière ? nous dit mon père.

Sans attendre mon accord, il écarte la paroi coulissante. Je découvre ainsi un espace confiné, son odeur de renfermé, son obscurité inquiétante. Braquant le faisceau de sa lampe torche à l'intérieur, ma mère fait surgir de l'ombre une pièce étonnamment petite, de la taille d'un placard. Son mobilier m'apparaît dans sa globalité : une chaise bancale et un vieux bureau de bois. Pas un objet, pas un papier ne traîne au sol ou sur le plan de travail.

Mon père s'empresse d'ouvrir les tiroirs, lesquels se révèlent désespérément vides. Seul vestige d'une activité passée, cette affichette épinglée sur le mur du fond. Impossible d'en détacher mon regard. Mes parents ont aussi arrêté le leur dessus. On peut y voir un labyrinthe de lignes qui s'entrelacent, s'entrecroisent et convergent vers une tête de mort ☠ au centre. À chacune de leurs extrémités figurent des symboles animaliers. Ils sont au nombre de huit : serpent, faucon, singe, bélier, scarabée, vache, ibis et lion. En plus d'appartenir au panthéon égyptien, ils servent d'emblèmes aux Crânes fendus. Immédiatement, je comprends qu'il s'agit d'un diagramme de cette confrérie.

Ma mère, devinant sans doute mes pensées ainsi que les implications de cette découverte, se précipite sur la carte. Elle la décroche rapidement du mur et la roule avec soin.

— Jade, tu devrais la mettre à l'abri, me conseille-t-elle d'une voix qui n'admet aucune réplique. Et si nous allions mener notre enquête maintenant !

Elle s'est probablement rendu compte que Rimbaud, toujours blotti dans mes bras, planterait volontiers ses crocs dedans. Aussi s'abstient-elle de me la tendre.

— Tu as raison, maman, acquiescé-je, heureuse de sa petite diversion. Il serait préférable que nous partions au plus tôt interroger Mme Guézennec.

— Quoi ? Déjà ? proteste mon père, dont la curiosité de chercheur est piquée au vif. Nous n'avons même pas commencé notre exploration.

— Tu n'as qu'à continuer sans nous, Franck, intervient ma mère d'un ton ferme. Nous ne devons pas traîner. Le temps presse, et tu es toujours accusé de meurtre.

Chapitre 21

Décidément, ma grand-tante Aglaé n'en finit pas de me surprendre. Qui aurait imaginé qu'un petit bureau se cacherait dans les entrailles du grenier ? Certainement pas moi. Cette découverte ne manquera pas de titiller l'insatiable curiosité de mon père. Prions pour qu'il ne lui vienne pas à l'idée de démolir mon manoir sous prétexte de dénicher d'autres endroits secrets !

Au vu du programme chargé de cet après-midi, je n'ai pas le temps d'étudier le diagramme des Crânes fendus. Toutefois, il ne semble pas receler d'informations inédites. De toute façon, je connais déjà quatre de ces membres : Christine Morvan, Jacques le pharmacien, Maëlys la coiffeuse et M. Rouillac le brocanteur. Si la confrérie comptait initialement huit sociétaires, ayant pour emblèmes des animaux de l'Égypte ancienne, il est à noter que les sièges de l'ibis et du lion sont aujourd'hui vacants, faute d'avoir été repris par Alban et moi. Nous avons en effet refusé de succéder à son grand-père Kilian et à ma grand-tante Aglaé. Deux visages demeurent dans l'ombre, mais après tout, est-ce si important ?

Je range donc l'affichette du grenier aux côtés des cartes marines que j'avais dégotées dans la grotte au galion. Chacune d'elles sera en sûreté dans la grosse armoire de ma chambre, toutes deux verrouillées.

Ma mère et moi avons tôt fait de gagner le quartier pavillonnaire et de rejoindre la villa des Guézennec. Nous trouvons le portillon d'entrée fermé. À travers ses barreaux, on distingue plutôt bien la massive maison de pierre à deux niveaux qui se dresse au bout d'un sentier de gravier.

— Tu aurais dû laisser Rimbaud avec ton père, peste ma mère, avant d'appuyer sur le bouton de l'interphone.

— Impossible, je lui avais promis de l'emmener. Pas vrai, mon chou ?

Levant le museau vers moi, l'intéressé me décoche une œillade reconnaissante.

— Espérons que Mme Guézennec aime les chiens, maugrée ma mère.

Un bip répond à son nouveau coup de sonnette. Sitôt après, le portillon s'entrebâille, et nous le franchissons. Du temps où cette villa appartenait au vétérinaire de Foisic, la véranda qui la flanque à gauche et qui servait de salle d'attente brillait comme mille miroirs au soleil. Le jardin, tiré pour ainsi dire à quatre épingles, s'enorgueillissait d'une verte pelouse. Aujourd'hui, vitres crasseuses et herbes folles témoignent d'un laisser-aller patent.

Une boule grossit dans mon ventre à mesure que j'approche du perron. Ce lieu recèle des souvenirs cuisants. C'est ici que nous avons frôlé la mort. Je perçois l'anxiété de ma mère, cheminant à mes côtés. Sa voix s'est tue, sa démarche est plus hésitante. Par contraste, Rimbaud gambade avec entrain, tirant sur sa laisse. Il est vrai que le vétérinaire et lui s'entendaient à merveille. Ceci explique cela !

Avant même que nous ayons atteint la porte de la villa, elle s'ouvre doucement, révélant la silhouette élancée de Mme Guézennec. Son allure impeccable tranche avec l'état du jardin.

— Mademoiselle Beaumont ? me dit-elle, le sourcil interrogateur.

— Bonjour, madame Guézennec. Je vous présente ma mère et mon chien, répliqué-je maladroitement.

Un sourire furtif s'esquisse brièvement sur ses lèvres peintes en rouge. D'une main délicate, elle caresse Rimbaud, qui se tortille de joie. Puis elle nous tend sa dextre, et nous nous saluons.

— En fait, nous… Vous…, bégayé-je, tentant de justifier notre venue.

— Nous aimerions vous parler du drame d'hier, rebondit ma mère avec assurance.

Bien qu'intriguée, Mme Guézennec ne fait pas mine de s'écarter.

— C'est de la plus haute importance, insiste ma mère.

— Entrez donc, murmure Mme Guézennec avec un soupir de résignation.

Elle nous conduit dans un salon où le désordre règne en maître. Des piles de journaux et de magazines, en équilibre précaire, jonchent le sol un peu partout et rendent la marche périlleuse. Un vase de fleurs flétries trône sur la table, portant les stigmates d'une regrettable négligence. Sur un guéridon, une tasse de café renversée a été oubliée. Le bourdonnement lointain d'une radio se mêle au chaos ambiant. Imperméable à toute cette anarchie, Mme Guézennec, dans son tailleur jupe cintré et ses escarpins brillants, demeure l'incarnation même de l'élégance.

Je n'ai pas posé mon postérieur sur un fauteuil – non sans avoir écarté des emballages de snacks au préalable – que ma mère se lance :

— Je ne pense pas que vous ayez tué votre mari.

Manifestement interloquée, son interlocutrice la fixe de ses yeux de biche et répond d'une voix étranglée :

— Je lui ai tiré dessus, madame Beaumont. Deux fois. Il n'y a pas de doute à avoir, j'ai assassiné Stéphane – mon mari.

— C'est impossible, rétorqué-je aussi sec. Il n'a pas pu être tué par vos balles, madame, car il a été assommé par une géode d'améthyste.

Arrondissant les yeux, notre hôtesse se raidit. Puis tout son être se disloque. Elle s'affale sur son fauteuil et plonge la tête dans ses mains. Loin de s'en émouvoir, ma mère lui demande de but en blanc :

— Depuis quand êtes-vous amants, Henri et vous ?

Pas de réponse. Le silence retombe, tout juste troublé par les émissions sonores du poste de radio au loin. Si ce n'était les volutes de poussière flottant dans la lumière filtrée par les rideaux, on pourrait croire que la pièce s'est figée.

— Vous l'aimez, n'est-ce pas ? reprend ma mère. Vous pensiez qu'il avait tué votre mari, alors vous vous êtes accusée à sa place dans le but de le protéger.

Un reniflement étouffé semble confirmer ses dires.

— Vous n'avez rien à craindre pour Henri, continue-t-elle avec douceur. Il est innocent. Il repeignait la maison d'Armelle Le Magorec au moment du crime. Il n'a pas pu assassiner votre mari.

Hasardant un regard dans ma direction, Mme Guézennec paraît quémander mon approbation. Je me hâte d'acquiescer. Son visage s'éclairant, elle se redresse alors et devient bavarde, comme si un barrage intérieur venait de céder.

— Nous nous sommes rencontrés il y a deux ans. Il rénovait un cabinet médical que je visitais dans le cadre de mon travail. Ça a été le coup de foudre au premier regard. À l'époque, nous habitions tous les deux Quimper. Nous nous arrangions pour nous voir le plus souvent possible. Nous étions heureux. Mais quand Henri m'a annoncé qu'il irait s'installer à Foisic pour succéder à ses cousins…

Elle s'arrête brusquement, submergée par l'émotion. Très à l'aise dans son rôle de psychologue, ma mère lui tend un mouchoir qu'elle attrape d'une main tremblante pour se tamponner les yeux.

— Vous l'avez suivi, dit ma mère qui rompt le silence.

— Oui, admet notre hôtesse en baissant les paupières. Une villa était en vente dans le quartier. J'ai réussi à convaincre Stéphane d'emménager ici… Vous dites qu'Henri n'est pas le coupable. Je suis si soulagée.

— Vous non plus, vous ne l'avez pas assassiné.

— Oh non ! Je n'ai pas quitté ma maison hier matin. Et puis, jamais je ne tuerai quelqu'un. Dieu interdit le meurtre.

Ma mère opine du chef, comme si elle avait déjà tout compris.

— Et vous êtes une fidèle croyante. Vous n'auriez jamais pu divorcer.

Je me demande comment elle l'a deviné. Elle n'a pourtant pas assisté à l'interrogatoire lors duquel Mme Guézennec nous dévoilait son attachement à sa religion. Je ne me rappelle pas davantage lui en avoir parlé.

Ce lot de révélations ayant détendu l'atmosphère, notre hôtesse nous propose des cafés. Nous les refusons gentiment. Elle met toutefois un point d'honneur à abreuver Rimbaud. Nous échangeons quelques banalités, puis nous levons le camp.

— Nous n'aurons pas appris grand-chose, commente ma mère. Mais au moins, nous avons l'assurance que Mme Guézennec et son amant sont hors de cause.

Après avoir quitté la villa, nous nous dirigeons rapidement vers le quartier du port. Nous l'atteignons tandis que le soleil d'automne, bas sur l'horizon, teinte d'or la mer et éclabousse de lumière ambrée les bateaux amarrés. Fidèles sentinelles de ce lieu, les mouettes tournoient autour de nous. Obsédé par leur ballet, Rimbaud ne cesse de grogner. Entre son agitation, les remontrances de ma mère et les cris perçants des oiseaux, je ne sais plus où donner de la tête.

La pizzeria, une petite bâtisse blanchie par le sel et érodée par les années, se dresse fièrement sur le quai, comme un phare guidant les estomacs affamés. Il semblerait que la chance soit de notre côté, car elle est encore ouverte. À peine avons-nous franchi la porte que des éclats de voix irritées se font entendre, poussant mon chien à aboyer.

— Un peu de tenue, Rimbaud, le réprimande ma mère avec une moue sévère.

Il se calme, mais les cris, eux, continuent de fuser à nous en vriller les tympans. La salle, quoique vide, est saturée de tension. Je reconnais tout de suite les fauteurs de trouble, en train de s'affronter devant le comptoir.

Joseph, droit comme un i dans son uniforme de policier, et le pizzaïolo furieux.

Avec ses cheveux bruns coupés très courts, sa barbe grisonnante et son pull-over à rayures bleues et blanches, Yvon Briand a des allures de marin aguerri. On s'attendrait plus à le voir aux commandes d'un bateau ou d'une crêperie bretonne que d'un restaurant italien.

— Ça barde ! commente ma mère.

— Ils ne sont pas d'humeur à plaisanter, approuvé-je.

— Vous me prenez pour un tousseur, Jégou ? tempête Yvon, les veines de son cou saillantes. Je suis en excellente santé. Et je ne suis pas davantage un meurtrier.

Bras croisés sur sa poitrine et joues cramoisies, Joseph n'est pas à la fête. Pour un peu, je serais tentée d'appeler les urgences.

— Je dis ce que je dis ! s'énerve-t-il, sa voix faisant de fréquentes incursions dans les aigus. Non seulement vous aviez un mobile puisque vous en vouliez à la victime de vous avoir volé votre emplacement au marché...

— Là, vous dépassez les bornes, Jégou. Si on devait assassiner tous ceux qui nous font des coups bas, ce serait la chienlit.

— Laissez-moi terminer, Briand. En outre, vous n'avez pas été fichu de me fournir un alibi solide pour hier matin.

— Trop, c'est trop ! rugit le restaurateur, levant le poing. Cette histoire va très mal finir, je vous le garantis.

— Messieurs, s'il vous plaît, calmez-vous, implore ma mère, tentant de ramener la sérénité. Discutons-en comme des adultes civilisés.

Surpris par son intervention, les deux hommes se taisent et se tournent vers nous. Un silence bourdonnant d'hostilité s'installe. Rimbaud, sensible à cette ambiance électrique, gronde en sourdine, le poil hérissé.

— Qui êtes-vous ? demande Yvon Briand qui nous jette un regard noir.

— Irène Beaumont, se présente ma mère. Et voici ma fille Jade et son chien Rimbaud. Nous sommes ici pour enquêter sur la mort de Stéphane Guézennec.

— Et en quoi cela vous concerne-t-il ? maugrée le restaurateur. Vous n'êtes même pas de chez nous.

— Mais ma fille si ! Elle habite aux Ibis. Et il se trouve que mon mari est accusé du meurtre de ce pauvre homme. Or il ne l'a pas commis.

— J'ai déjà posé toutes les questions nécessaires à M. Briand, intervient Joseph, cherchant à regagner un semblant de dignité par des paroles factuelles.

— Cela ne nous empêche pas de vouloir entendre sa version de l'histoire, réplique ma mère d'une voix tranchante. Même si je doute fort que ce monsieur soit notre coupable.

Ravi d'avoir quelqu'un de son côté, Yvon Briand se fend d'un sourire.

— Vous voyez, Jégou, cette petite dame a tout de suite compris que j'étais innocent. C'est pour ça que je vais me faire un plaisir de lui raconter ma matinée d'hier.

Commence alors un récit de ses actions de la veille. Après avoir cité toutes les sortes de pizzas qu'il a confectionnées, il se lance dans les détails de la fabrication.

— Prenez l'exemple d'une Margherita, poursuit-il, une étincelle espiègle dans les yeux. Une fois la pâte abaissée, je n'en ai pas terminé. J'étale la sauce tomate que je prépare moi-même avec des produits frais, puis je dispose les olives, mais attention, pas n'importe comment ! Il faut les placer à une distance précise les unes des autres pour assurer une répartition équitable sur toute la surface. Sans oublier la pincée d'origan de mon jardin !

Ma mère et moi échangeons des regards amusés. C'est fascinant comment un homme peut passer de furieux à passionné en quelques minutes.

— Et le fromage... Ah, le fromage ! Il doit être à la température idéale si...

— Je crois que nous avons compris, Briand, bougonne Joseph.

— Une conclusion s'impose, intervient ma mère. Le dévouement de M. Briand à son restaurant est tel qu'il n'a pas pu quitter ses cuisines. C'est bien ça ?

— Exactement ! répond fièrement l'intéressé. Comment aurais-je pu trouver le temps de commettre un meurtre alors que j'étais débordé par la confection de mes pizzas ? Le voilà, mon alibi en béton !

Chapitre 22

Cette fin d'après-midi est particulièrement déprimante. La liste des suspects s'amenuisant comme une peau de chagrin, nous déboucherons bientôt sur une impasse. Au sortir de la pizzeria, Joseph, ma mère et moi nous mettons d'accord pour nous rendre à la pharmacie. Peut-être y glanerons-nous de nouvelles pistes.

En arrivant devant l'officine, je suis aussitôt prise d'un frisson. Jacques est le plus inquiétant des Crânes fendus. Je déteste interagir avec lui. Aussi, je demeure en retrait et laisse mes compagnons passer en premier. Debout derrière son comptoir, le pharmacien ne lève pas le nez de son écran, à notre entrée. Pourtant, Joseph fait un raffut d'enfer en butant contre un présentoir de shampoings.

— Bonsoir, Jacques, dit-il après s'être rattrapé à une étagère. Nous venons chercher des informations sur certains de vos clients.

Ignorant ostensiblement le policier, le pharmacien fixe ses yeux globuleux sur ma mère et moi.

— Jade, comment allez-vous ? Irène, avez-vous retrouvé votre portefeuille ? nous demande-t-il.

— Oh oui ! Je l'avais simplement égaré dans ma chambre, lui répond ma mère. Mais dites-moi, pourriez-vous nous accorder quelques minutes de votre temps ? Nous avons des questions à vous poser.

— Je suis désolé, Irène, mais je ne peux pas divulguer de renseignements relatifs à mes clients. Les règles de la déontologie me l'interdisent.

— Nous savons de source sûre que le meurtrier de Guézennec souffre d'un reflux gastro-œsophagien, intervient Joseph, tentant une approche différente. Si vous nous donniez les noms de ceux qui en sont atteints, nous trouverions plus facilement le coupable.

— Je peux juste vous dire que votre oncle en a un, rétorque Jacques, un brin narquois. J'ai toujours une boîte d'IPP d'avance pour lui.

J'ai appris par la suite que les inhibiteurs de la pompe à protons ou IPP étaient des médicaments indiqués dans la prise en charge du reflux gastro-œsophagien.

— Pour ce qui est des autres villageois, vous n'obtiendrez rien de moi, poursuit le pharmacien. Si vous voulez bien m'excuser…

Là-dessus, il décroche son téléphone et appelle un fournisseur pour discuter de ses commandes en cours.

— Venez ! Rentrons aux Ibis, murmure ma mère.

Sur le chemin du retour, Joseph, le visage crispé et les lèvres pincées, lance d'une voix glaciale :

— Mon oncle a certes ses travers, mais sous-entendre qu'il puisse être mêlé à cette sombre affaire est franchement déplacé. Après tout, c'est lui le chef de la police de Foisic.

— L'un n'empêche pas l'autre, décrète ma mère.

Joseph lui jette un regard agacé, tandis que je soupire, découragée par toutes ces fins de non-recevoir. Indifférent à nos tourments, Rimbaud gambade joyeusement à nos côtés, appréciant la promenade et libre d'arroser tous les réverbères qu'il croise.

Une fois arrivés au manoir, ma mère et Rimbaud filent à la cuisine, Joseph et moi gagnons le salon. Nous y trouvons mon père, plongé dans la lecture d'une revue scientifique.

— Alors, cette enquête ! Qu'est-ce que ça donne ? nous interroge-t-il, un pli soucieux au front.

— Rien, nada, bougonné-je, m'affalant dans le fauteuil voisin. Tous nos suspects sont hors de cause.

— On dirait que mon affaire se présente mal.

De son côté, Joseph a commencé à barrer d'une croix rouge les noms sur le tableau d'investigation. Je remarque alors qu'il manque quelque chose à son uniforme.

— Vous n'avez toujours pas recousu vos boutons ? m'étonné-je.

— Je compte le faire ce soir, me répond-il d'un air distrait. Mais attendez…

Il fouille fébrilement ses poches, les retournant presque pour en vérifier le contenu.

— Ils ont disparu, peste-t-il, la mine renfrognée.

— C'est signé Mme Le Roux, ça ! s'esclaffe ma mère qui vient de pénétrer dans le salon avec un plateau garni dans les mains et Rimbaud sur ses talons.

— Si je l'attrape…

— Ne râlez pas, mon jeune ami, se moque mon père. Vous aurez bientôt droit à une jolie écharpe en guise d'excuse.

Sur ces entrefaites, le carillon de l'entrée retentit, salué par mon chien qui se précipite dans le vestibule avec force aboiements. Je me lève et le suis. À la manière dont il remue la queue, je devine qui se tient derrière la porte. Je ne me trompais pas : j'ouvre à un Corentin tout juste sorti de l'école et ravi de revoir son toutou préféré. L'instant d'après, Alban apparaît, déposant un doux baiser sur mes lèvres.

— Alors, où en est l'enquête ? s'enquiert-il.

— Au point mort, dis-je avec lassitude.

Tandis que les dernières lueurs du jour se dissipent, nous nous retrouvons tous au salon, chacun s'installant là où il se sent le plus à l'aise. La pièce est embaumée de l'arôme du thé fraîchement infusé et des gâteaux rescapés du buffet de gratitude. Je m'accorde une part de tarte aux pommes, si peu calorique et tellement méritée. N'ai-je pas largement atteint mon objectif de pas ?

Je laisse fondre la première bouchée sous mon palais, mais il est difficile de savourer ce moment de plaisir quand les échos de l'enquête reviennent me hanter. Joseph et ma mère se sont en effet lancés dans une discussion sur le sujet. Les alibis, les personnalités des « suspects », les indices… Tout est analysé, repensé, débattu comme seuls un policier et une psychologue sont capables de le faire ! Assis en tailleur sur un tapis, les bras enroulés autour de Rimbaud, Corentin les écoute avec une admiration béate. Je me demande parfois ce qui se passe dans la tête de ce garçon. Ces considérations macabres ne risquent-elles pas de le perturber ? Et d'ailleurs, pourquoi son oncle ne met-il pas un frein à cela ?

Mes regards se reportent alors sur Alban, qui converse avec mon père à l'écart. Ça chuchote, ça glousse. Que de messes basses ! Eh bien, j'en connais au moins deux que la dégradation de la situation n'inquiète pas ! Tiens… Voilà maintenant qu'ils quittent le salon en toute discrétion.

Sans vraiment réfléchir, je me lève à mon tour, faisant de mon mieux pour ne pas attirer l'attention sur moi. Je me déplace avec légèreté, presque sans bruit – pas une latte du parquet ne craque –, tandis que je les suis jusqu'au second étage. J'attends qu'ils pénètrent dans le grenier pour me poster derrière la porte et les observer à la dérobée. Mon intuition était juste : mon père montre fièrement à Alban le bureau découvert plus tôt.

Mais déjà, des pas empressés résonnent dans l'escalier. Ma mère débarque sur le palier, le souffle court. Une fois parvenue à ma hauteur, elle m'adresse un regard mi-amusé mi-interrogateur, puis interpelle mon père.

— Franck, Joseph a des papiers à te faire signer.

Dans la seconde qui suit, mes parents s'éloignent rapidement, me laissant seule avec Alban. Il me découvre, cachée derrière la porte, et un sourire malicieux apparaît sur son visage.

— Tu nous espionnais ?

— Juste un peu !

— Ta grand-tante n'en finira pas de nous surprendre, me dit-il, désignant du menton l'alcôve. Ton père m'a parlé d'une pancarte accrochée au mur. Il paraît que tu l'as enfermée à double tour dans ta chambre.

— Tu veux la voir ?

Sans attendre sa réponse, je le conduis dans ma chambre. Il prend place sur le lit tandis que j'ouvre mon armoire pour sortir le diagramme des Crânes fendus. Dans ma hâte, je dérange les rouleaux de cartes marines stockés à côté. Lesquels glissent et tombent sur le sol.

Plus vif que l'éclair, Alban me devance et les ramasse. Je m'apprête à les lui reprendre quand je le vois les dérouler une à une. Ses sourcils se froncent, trahissant un important effort de concentration. Je suis persuadée que son esprit travaille à plein régime, mais à quoi ?

— Tous ces schémas n'ont rien d'exceptionnel, tu sais, déclaré-je, alors que le temps s'étire en longueur.

— Je ne parierais pas là-dessus, à ta place. Regarde !

Les yeux brillants d'excitation, il étale sur le lit l'affichette trouvée dans le grenier. Puis avec un soin méticuleux, il superpose ce que j'avais pris pour une carte marine, mais qui se révèle être un plan détaillé de Foisic. Le résultat obtenu est édifiant.

Grâce à la transparence du papier, on peut voir au travers. Je me rends alors compte que les lignes convergeant vers la tête de mort ne sont pas de simples éléments graphiques sur un diagramme. Elles représentent des galeries souterraines qui s'étendent depuis des points précis, tous marqués par les symboles animaliers. Ainsi, l'emplacement de mon manoir coïncide avec l'ibis, la demeure d'Alban avec le lion. Sachant que son grand-père Kilian et ma grand-tante Aglaé étaient membres des Crânes fendus, avec pour emblèmes respectifs le lion et l'ibis, les pièces du puzzle commencent à s'assembler.

— Nous sommes en présence d'un plan des souterrains de Foisic, conclut mon fiancé, captivé par cette découverte. Tu remarqueras que les galeries aboutissent toutes à cette tête de mort, ce qui correspond à un lieu bien précis : le quartier général des Crânes fendus, situé sous la falaise.

— Nous savions que chacun de nous pouvait le rejoindre depuis chez lui grâce à un passage secret. Cette carte montre que tous les membres de la confrérie disposent d'un accès similaire.

— Tiens, regarde, là, le serpent ! Il indique la pharmacie.

— Je n'imaginais pas d'autre animal totem pour Jacques, m'esclaffé-je. Oh, et une vache au bureau de poste !

— Ce n'est pas très flatteur pour Christine, ça, commente Alban, l'air songeur.

— Je ne distingue rien au niveau du salon de coiffure de Maëlys, dis-je en pointant l'endroit.

— Par contre, il y a un faucon sur sa maison, dans le quartier portuaire… J'ai l'impression que le singe est tout près de la bibliothèque municipale, sur la place du Pêcheur.

— En réalité, il est localisé sur la boutique du brocanteur. Je ne te l'avais pas encore dit, mais il est confirmé que M. Rouillac est un membre des Crânes fendus.

— Fascinant ! Quant aux symboles du scarabée et du bélier, il serait intéressant de voir qui ils désignent.

— Je pourrais enquêter discrètement lors de ma tournée de demain, proposé-je.

— Je préfère m'en occuper personnellement.

Avant même que je puisse réagir, Alban roule les plans, me privant d'un dernier regard sur les emplacements du scarabée et du bélier.

Chapitre 23

Vendredi 13 novembre.
Se retrouver un vendredi 13 avec une enquête qui piétine, c'est un peu comme avoir un caillou dans sa chaussure pendant une longue randonnée : c'est inconfortable, irritant, et ça ne présage rien de bon pour la suite du parcours.
Que me réserve cette nouvelle journée ? Puis-je accumuler plus de déconvenues qu'hier ?
Non que je sois superstitieuse, mais franchement, si une échelle croise mon chemin ou qu'un chat noir vient narguer Rimbaud, je file me recoucher direct !

L'obscurité des souterrains de Foisic ne facilite pas ma progression. Mes pieds glissant sur un sol humide et rocailleux, je trébuche sans cesse tandis que je cours à perdre haleine. Oui, je cours sans même savoir où je vais. Car on me pourchasse. J'entends des pas précipités derrière moi. Jetant un coup d'œil par-dessus mon épaule, je les aperçois, ces créatures mi-hommes, mi-animaux aux visages de serpent, faucon, singe, bélier, scarabée, vache, ibis et lion. Leurs regards sont intransigeants, froids, accusateurs.

Je tente de les semer en empruntant diverses galeries, mais elles s'entrecroisent de manière déroutante. Aucune issue à l'horizon, seule cette course effrénée contre l'adversité.

J'ai presque perdu tout espoir de sortir de ces souterrains exigus et sombres, lorsqu'un rectangle de lumière apparaît dans le lointain et me guide jusqu'à une vaste salle creusée dans la falaise. Les raisons de mon incursion en ce lieu demeurent cependant un mystère.

Les membres des Crânes fendus s'y trouvent, assis en demi-cercle sur des trônes en pierre, leurs silhouettes se dessinant à la lueur de bougies. En leur centre, un siège vide ; sans doute m'est-il réservé.

— Jade Beaumont, vous êtes accusée du meurtre de Stéphane Guézennec, tonne une voix métallique et hachée, probablement déformée par un synthétiseur.

C'est l'homme à tête de singe, dressé de toute sa stature, qui a prononcé ces mots. Et ils me glacent le sang. Je veux protester, dire que c'est une erreur, que je suis innocente. Mais aucun son ne s'échappe de ma bouche. J'en suis réduite à attendre que les Crânes fendus achèvent leurs messes basses.

Ils se taisent enfin, et une femme au visage bovin se lève. Elle s'avance vers moi. La sonnaille autour de son cou tintinnabule sinistrement. Elle saisit mon bras avec une poigne de fer et m'entraîne vers un cachot sombre à l'arrière de la salle. La dernière chose que j'entends avant que la porte se referme sur moi, ce sont les rires sarcastiques de ses confrères…

Puis je m'éveille en sursaut, trempée de sueur. Ce n'était qu'un cauchemar. Encore un ! Mais il m'a causé une sensation oppressante de réalité. La meilleure façon de la chasser est de reprendre ma routine quotidienne et d'aller travailler. Ce que je me dépêche de faire.

Le brouillard a enveloppé Foisic d'un voile cotonneux, le plongeant tout entier dans une atmosphère irréelle où les passants apparaissent puis disparaissent tels des spectres éphémères. L'humidité ambiante a déposé des perles d'eau sur les feuilles mortes, ce qui ne les empêche pas de craquer sous mes pieds. Et les cris des mouettes résonnent de manière étrangement étouffée.

La matinée se déroule toutefois sans encombre. Rimbaud, fidèle à son tempérament de teckel exubérant, y ajoute sa touche personnelle. Qu'un chat croise son chemin ? Il bondit comme un tigre. Un réverbère ? Il y appose sa marque avec une fierté non dissimulée. Il joue aussi les séducteurs auprès des villageois, quémandant caresses et mots doux. Toutefois, quiconque a l'audace de l'ignorer se voit gratifié d'un regard empli d'indignation et de dédain.

Étrangement, Joseph, qui ne me lâchait pas d'une semelle la veille, est introuvable aujourd'hui. Fatigué ? Occupé à traiter ses MC113 ? Son absence est reposante, certes, mais elle m'intrigue.

Si seulement cette tranquillité n'était pas ternie par ma frustration. Le plan des souterrains, si promptement confisqué par Alban, me hante. J'aurais pu découvrir l'identité des deux derniers Crânes fendus si j'avais pu l'étudier. L'irruption de mon père dans ma chambre m'a dissuadée de le récupérer. D'autant qu'Alban s'est hâté de le cacher sous son pull-over. Le secret des souterrains de Foisic ne doit-il pas rester bien gardé ?

La fin de ma tournée arrive vite, et il est presque midi lorsque je retourne au manoir. En ouvrant la porte, je suis surprise de trouver Henri Prigent en plein travail. Il a déjà couvert les meubles du vestibule de bâches, et est en train d'accrocher des tentures plastifiées tout autour de la pièce. À l'inverse de ses cousins Étienne et Lucien, il ne porte pas de combinaison blanche, mais son habituel tee-shirt rouge et un jean.

Curieux comme toujours, Rimbaud le renifle, de ses outils jusqu'à ses baskets. Détectant sans doute une odeur familière – peut-être celle d'un congénère à quatre pattes –, il remue la queue et, avec une audace typiquement canine, s'assied devant le peintre en attendant une caresse ou une parole gentille.

— Bonjour, Jade, déclare Henri avec un signe de tête. J'installe mon matériel. Je ne commencerai à poncer le parquet qu'après votre déjeuner… à cause du bruit.

— C'est bien aimable à vous.

Précédée de Rimbaud qui file ventre à terre vers sa gamelle, je gagne la cuisine et y rejoins mes parents. Sur la table, un plat de lasagnes fume délicieusement. Ma mère a revisité la recette traditionnelle : des lamelles de poisson remplacent la viande hachée, et les pâtes habituelles ont cédé la place à des crêpes au sarrasin.

— Maman, tu as innové aujourd'hui ! m'exclamé-je en m'asseyant.

— J'avais envie de mettre un peu de soleil dans cette maison. Tu verras, ma béchamel au cidre est une tuerie.

— Bonne chance à nous, assène mon père, l'air sceptique.

— C'est de la cuisine fusion italo-bretonne, réplique ma mère qui esquisse un sourire. Pourquoi n'inviterais-tu pas Henri à manger, Jade ?

— Excellente idée.

Je quitte la pièce et remonte le couloir. Un rideau translucide en plastique me bloque désormais l'accès au vestibule. Hésitant à le soulever, je m'adresse à la silhouette rouge qui se distingue derrière.

— Henri, nous avons des lasagnes à la bretonne pour le déjeuner. Ça vous dirait de nous rejoindre ?

— Merci, Jade, c'est très aimable à vous. Mais j'ai mon sandwich au jambon qui m'attend.

Une pensée fugace me traverse l'esprit : serait-ce notre version revisitée des lasagnes qui motive son refus ? Après tout, une telle préparation culinaire a de quoi effrayer.

Je retourne à la cuisine. J'ai tout juste le temps de m'asseoir que mon portable sonne.

— Jade, laisse-le, nous sommes à table, grommelle mon père.

— Si c'est important, ils rappelleront, ajoute ma mère d'un ton plus doux.

Mais le nom qui s'affiche à l'écran retient mon attention. Kévin Robin, le croque-mort. Comme oiseau de mauvais augure, il se pose là ! Pourvu qu'il n'ait pas une mauvaise nouvelle à m'annoncer. Instinctivement, je décroche. Mes doigts tremblent légèrement.

— Jade, c'est moi, Kévin Robin, débite-t-il à toute allure. Désolé de vous déranger, mais j'ai réfléchi à toute cette affaire… La mort de Guézennec. Et il y a un détail qui… En fait, je pense savoir qui l'a assassiné. C'est trop sensible pour en parler ici. On peut se voir ?

Mon cœur bondit d'espoir tandis que j'entrevois la possibilité d'innocenter mon père. Le souffle court, je réponds :

— Venez au manoir.

— Je ne peux pas… Je suis occupé. Je dois d'abord finir un travail pour le curé. Retrouvons-nous à quinze heures à l'église si vous le voulez bien.

Il raccroche aussi abruptement qu'il avait commencé. Je fixe mon portable, encore sous le choc.

— C'était qui ? demande mon père qui me dévisage avec curiosité.

— Le croque-mort. Il dit connaître le meurtrier de Guézennec.

— Non, pas possible ! s'exclame ma mère tandis que mon père ouvre grands les yeux. Et qui est-ce, selon lui ?

— Il n'a pas voulu me le révéler au téléphone, mais il m'a donné rendez-vous à l'église…

Mon père se lève brusquement, sa chaise grinçant sur le sol. Rimbaud, toujours si sensible aux émotions qui l'entourent, se met à aboyer, le poil hérissé.

— Allons-y immédiatement, lance mon père par-dessus les jappements persistants de mon chien.

— En fait, c'est pour quinze heures, m'empressé-je de préciser.

Ma mère, d'un geste doux mais ferme, attrape Rimbaud et le berce pour le calmer.

— Franck, tu dois rester au manoir, intervient-elle. Jade, je t'accompagnerai, mais ne devrions-nous pas en parler à Joseph ?

— Si je le préviens maintenant, il déclenchera l'artillerie lourde. Son zèle risquerait de compromettre ce qui pourrait être notre seule chance d'innocenter papa.

Chapitre 24

Loin du bruit assourdissant de la ponceuse d'Henri, je goûte le calme aux abords de l'église. Sous un ciel nuancé d'une douce lumière d'après-midi, ma mère et moi montons les marches du perron, nos pas résonnant à l'unisson sur les dalles anciennes. Cette sérénité tranche avec le vacarme que nous avons laissé derrière nous. Mon père et Rimbaud, restés au manoir, n'y échapperont pas.

Je pousse la double porte de l'édifice romain en briques rouges, son grincement léger brisant brièvement le silence. Dès lors que nous la passons, la fraîcheur et la pénombre du lieu nous enveloppent. Mais ce moment de quiétude est de courte durée, car le curé apparaît subitement devant nous, suscitant un sursaut incontrôlé de ma part. Doté d'un extraordinaire charisme, il séduit bon nombre de fidèles ; ni ma mère ni moi ne faisons partie de ses admirateurs. Son sourire perpétuellement condescendant me hérisse le poil.

— Bonjour, madame Beaumont, Jade, nous salue-t-il. Je ne m'attendais pas à votre visite. Auriez-vous retrouvé la foi ?

Les bons soins du Dr Drésin ont porté leurs fruits, car sa voix aux notes suaves est exempte de tout enrouement.

— Ma foi n'a jamais vraiment disparu, réplique ma mère avec sarcasme. Elle s'est simplement manifestée ailleurs. Nous sommes ici pour Kévin Robin.

— Ah, Kévin, quel brave garçon… toujours si serviable ! Il nettoie la chapelle ardente. Une tâche peu réjouissante mais nécessaire au bien-être de nos chers disparus. Si vous voulez bien me suivre, nous dit Georges, décidant pour une fois de faire preuve de magnanimité. Je vous y conduis.

Quel dommage que Kévin ne m'ait pas indiqué sa position exacte ! Si j'avais su, j'aurais opté pour l'entrée à l'arrière de l'église, loin des yeux inquisiteurs du curé. C'est ainsi que nous lui emboîtons le pas et nous enfonçons dans la pénombre de la nef. Dans le fond de l'abside semi-circulaire brille un retable doré qui illustre des scènes de l'Évangile jusqu'au dôme. Georges marque une pause devant la table d'autel, murmure une prière, puis nous entraîne vers le transept de gauche.

Après une brève marche, nous arrivons devant une porte. Mon cœur s'emballe tandis que le curé l'ouvre et nous invite à pénétrer dans la chambre funéraire. C'est ici que les dépouilles des défunts reposent quelques jours dans l'attente de leur inhumation. Dans l'intervalle, tout un chacun peut leur rendre une dernière visite posthume.

Ayant franchi le seuil, je sens mon malaise grandir. Un froid piquant m'assaille, et une odeur aigre d'hôpital me prend à la gorge. Une lumière blanche et crue éclaire la pièce, mettant en relief feu Guézennec, vêtu de ses plus beaux atours et allongé sur une table métallique réfrigérée. Cette façon qu'il a de fixer son regard vitreux sur le plafond est carrément flippante.

— Kévin ? Où êtes-vous ? l'appelle Georges de sa voix de baryton. Ces dames vous cherchent.

L'absence de réponse alourdit davantage l'atmosphère. Mais soudain, ma mère pousse un cri perçant et m'agrippe fermement le bras. Vous n'imaginez même pas la frayeur qu'elle me cause.

— Là ! souffle-t-elle.

Je baisse les yeux vers l'endroit qu'elle désigne et aperçois deux pieds qui émergent derrière la table réfrigérée. Mon estomac se noue d'effroi. Je m'en approche. Un tableau des plus sinistres se dévoile à moi : étendu sur le sol, face contre terre, gît Kévin Robin. Une tache rouge s'étale autour de sa chevelure bouclée. Du sang ! Georges l'a également vue, car une exclamation étouffée lui échappe.

Rapidement, ma mère reprend ses esprits, s'accroupit près du croque-mort et tâte son pouls.

— Il est en vie, nous dit-elle posément. Jade, il faut prévenir le médecin. Appelle le Dr Drésin.

Sans perdre une seule seconde, je sors mon smartphone pour téléphoner au docteur. Puis j'informe Joseph de la situation terrifiante dans laquelle nous nous trouvons.

— Nous aurions besoin de couvertures, de serviettes et de bandages, lance ma mère, toujours penchée sur Kévin.

— Je m'en occupe, réplique le curé avant de disparaître précipitamment.

En proie à une impatience nerveuse, je marche de long en large dans la pièce. Mes pas m'entraînent jusqu'à un obstacle sur lequel je trébuche. Je m'incline pour mieux l'observer. Il s'agit d'un candélabre en bronze renversé. Des traînées écarlates strient le sol tout autour. Une évidence s'impose : c'est avec cette masse métallique que Kévin a été assommé. Une sensation de déjà-vu m'envahit, car le *modus operandi* porte une signature familière. J'éprouve un pincement douloureux en songeant au destin funeste de Guézennec. Lui aussi a été durement frappé à la tête, il n'a pas survécu à son agression. Malgré son état préoccupant, Kévin – quoique toujours inconscient – respire encore.

Je me souviens de cette citation de Karl Marx : « L'histoire se répète, la première fois comme une tragédie, la seconde comme une farce. » À cet instant, rien ne me semble moins drôle.

— Je me demande par où est entré l'assaillant, m'interrogé-je tout haut.

Comme je prononce ces mots, Georges revient, les bras chargés de couvertures et d'une trousse de premiers secours.

— Il n'a pas pu passer par l'église, déclare-t-il, déposant son fardeau tout près de ma mère. Je n'ai vu personne y pénétrer de tout l'après-midi.

Mon attention se porte alternativement sur deux tentures murales noires, placées de chaque côté de la pièce. La première donne accès à une salle de réception, sans autre issue. La seconde communique avec l'extérieur, via un petit vestibule. Je le rejoins. La porte s'avère entrebâillée. Je demeure figée, à scruter la rue qui longe l'arrière de l'église.

— Il est passé par là, constaté-je sombrement. Kévin a dû reconnaître la personne pour accepter de lui ouvrir.

Sur ces entrefaites, le Dr Drésin surgit de l'angle du bâtiment, son sac médical à la main, et s'avance à grands pas vers moi. Je m'écarte pour lui permettre d'accéder à la chapelle ardente.

— C'est une épidémie ou quoi ? grince-t-il entre ses dents. Éloignez-vous, s'il vous plaît, et laissez-moi voir ça.

Il s'agenouille à côté de Kévin et l'examine. Ayant extrait le smartphone que la victime serrait avec force, il le tend à ma mère, qui me le remet. Je l'inspecte, mais il est verrouillé, ce qui restreint drastiquement mon champ d'investigation.

Très vite, le médecin se redresse et compose un numéro sur son propre téléphone portable, probablement pour appeler des secours.

— L'hôpital nous envoie une ambulance, annonce-t-il après avoir raccroché. Madame Beaumont, j'aurais besoin de votre assistance.

Ensemble, ils déplacent Kévin sur le côté, en position latérale de sécurité.

Ma mère l'enveloppe dans des couvertures tandis que le Dr Drésin s'affaire à juguler l'hémorragie. Pendant ce temps, le curé prie à haute voix. Quant à moi, je me sens impuissante, ne sachant comment aider. Si seulement je possédais des talents de médium, j'interrogerais l'esprit de Guézennec. Il a été témoin de l'agression depuis l'au-delà. Il pourrait éclairer ma lanterne sur l'identité du coupable.

Tout à coup, Joseph jaillit du rideau noir donnant sur la rue et me rejoint.

— Que se passe-t-il ici ? me demande-t-il, tout essoufflé.

Je lui résume les événements tout en veillant à ne pas élever la voix. Tout au long de mon exposé, il regarde la victime avec une expression de frustration.

— À chaque fois que j'ai le dos tourné, tout part en vrille ! gronde-t-il.

Le Dr Drésin lève alors la main pour lui intimer le silence.

— Baissez d'un ton, Jégou, se fâche-t-il.

— J'ai récupéré le portable du croque-mort, fais-je tout bas. Si seulement il n'était pas verrouillé, nous pourrions découvrir ses derniers appels. Peut-être a-t-il été en contact avec son agresseur !

Lissant sa moustache, Joseph fronce les sourcils, visiblement en pleine réflexion.

— Un de mes anciens camarades de promo travaille à la DCPJ de Quimper, dans la division de lutte contre la cybercriminalité. Je suis certain qu'il pourrait nous aider à accéder au contenu de ce smartphone.

Chapitre 25

Le soleil de cette fin d'après-midi a singulièrement allongé nos ombres tandis que ma mère et moi retournons aux Ibis. Le calme et la quiétude qui règnent aux abords du manoir sont en complète opposition avec le drame que nous venons de vivre.

Ayant ouvert la porte, je m'attendais à être accueillie par un Rimbaud débordant d'énergie, mais il est étrangement absent. Les murs du vestibule sont toujours masqués par des tentures en plastique épaisses et inesthétiques. Une odeur âcre et résineuse flotte dans l'air : c'est celle du bois fraîchement poncé. Mêlée à la fine poussière en suspension, elle rend l'atmosphère suffocante.

— On va mourir étouffées, se plaint ma mère qui couvre son nez et sa bouche avec un mouchoir.

— J'ai terminé pour aujourd'hui, nous lance alors Henri Prigent que j'aperçois enfin.

Agenouillé par terre, il range méthodiquement son matériel dans une lumière tamisée, filtrée par les tentures.

M'approchant, je constate que le parquet présente désormais une surface lisse à nu. Plus aucune tache de sang ne le souille.

— C'est du beau travail, Henri, commenté-je, admirative.

Il se redresse, essuyant son front en sueur avec le bas de son tee-shirt.

— Je vous remercie, Jade. Je reviendrai demain matin pour appliquer la première couche de vernis.

— Je me demande comment vous faites pour respirer ça, peste ma mère avant de disparaître derrière la tenture en plastique.

— Il ne faut pas que votre maman s'inquiète. Je nettoierai tout à la fin. C'est d'ailleurs pour cette raison que je préfère laisser les bâches et les rideaux de protection en place.

— Cela ne me dérange pas le moins du monde. Prenez tout le temps nécessaire.

Sentant ma gorge grattouiller et mes yeux piquer, je me hâte de déguerpir. J'ai eu ma dose de poussières en tous genres pour la journée ! La maison est étonnamment silencieuse. Où sont-ils donc tous passés ? Bien qu'occupée à les chercher, je ne peux m'empêcher de songer à Kévin. Le Dr Drésin n'a pas voulu se prononcer sur son pronostic vital. L'ambulance chargée de l'emmener à l'hôpital arrivera-t-elle à temps pour le sauver ? S'il survit, il parlera, et l'identité de son agresseur nous sera révélée. Pour cette raison, Joseph a pris des mesures pour qu'un policier assure sa protection. Il a également emporté le smartphone de Kévin au commissariat, avec l'intention de le faire débloquer par son ami expert en cybercriminalité.

Le salon est vide, tout comme la bibliothèque. Je file à la cuisine où une scène surréaliste m'attend. Par la porte-fenêtre grande ouverte, j'ai une vue dégagée sur le jardin baigné de la lumière orangée du couchant. Se découpant à contre-jour, mon père, ce très sérieux chercheur, initie Rimbaud à l'art de « faire le beau ». Et il y réussit plutôt bien puisque, dressé sur ses pattes arrière, mon chien danse presque. Confortablement installée dans un fauteuil en osier, ma mère les encourage tout en lançant des boutades. Cette joyeuse parenthèse au cœur d'une journée pourtant si éprouvante est la bienvenue.

Le sourire aux lèvres, je m'attelle à préparer de quoi nous réchauffer. Pour ma mère et moi, ce sera du thé vert parfumé à la vanille. Mon père se délectera de son habituel café au lait. Je mets en marche la machine à capsules lorsqu'il me vient à l'idée qu'Henri pourrait avoir envie d'un petit remontant. Il l'a bien mérité. Je quitte la cuisine et me dirige vers le vestibule. À l'extrémité du couloir, un éclat de couleur rouge filtrant à travers la tenture plastifiée attire mon regard. Ce doit être Henri, me dis-je.

— Henri ? l'appelé-je. Vous voulez un thé ou un café ?

Le silence est ma seule réponse. Je m'avance encore.

— Henri ? Vous êtes là ?

Toujours rien. Intriguée, je repousse la tenture pour découvrir que le vestibule est désert. Henri est parti, emportant sa ponceuse et ne laissant que sa trousse à outils. J'avais pourtant cru l'apercevoir.

Alors que mes yeux s'accoutument à la lumière tamisée, je comprends mon erreur. L'écharpe écarlate que Mme Le Roux avait offerte à ma mère et qui est restée accrochée au portemanteau en est la cause. Je l'avais prise pour le tee-shirt d'Henri. Un peu plus tôt, une bâche couvrait le tout. Henri a dû la retirer avant de s'éclipser, nous laissant la place pour suspendre nos vêtements.

Haussant les épaules, je retourne à la cuisine et finalise les boissons. Le crépuscule a étendu son voile sur le jardin et a chassé la chaleur des derniers rayons du soleil. Aussi, mes parents et un Rimbaud tout sautillant décident de me rejoindre à l'intérieur. En plus des thés et du café au lait, j'ai déposé sur la table une assiette de gâteaux secs typiques de la région. Nous demeurons un petit moment silencieux, entièrement occupés à nous restaurer. Mon père est le premier à sortir de son mutisme gourmand.

— Cette histoire avec Kévin m'interpelle, vraiment, commence-t-il.

Ma mère et moi échangeons un regard. Nous savons toutes les deux qu'il ne se contentera pas de cette simple remarque. Elle est le prélude à une de ses analyses minutieuses dont il a le secret. Mieux vaut ne pas l'interrompre. Voyant qu'il tient son auditoire en haleine, mon père poursuit :

— Je pense que nous serons tous d'accord pour dire que l'agresseur du croque-mort et le meurtrier de Guézennec ne font qu'un.

Je hoche la tête, choisissant d'imbiber un biscuit dans mon thé plutôt que de verbaliser mon accord.

— Cela ne fait aucun doute, réplique ma mère qui savoure le croustillant d'une crêpe dentelle.

— Mais alors, comment diable le tueur a-t-il su que Kévin détenait des informations sur lui ?

— J'imagine que tu connais la réponse, n'est-ce pas, Franck ?

— Effectivement, Irène, se rengorge mon père, satisfait de lui. Quelqu'un devait espionner Kévin lorsqu'il a appelé Jade pour fixer leur rendez-vous à l'église.

— Ou peut-être s'est-il confié directement au meurtrier, avancé-je, pensive.

— Quoi qu'il en soit, la clé de cette énigme réside dans les souvenirs de Kévin, soupire ma mère. Espérons qu'il se réveille bientôt pour éclaircir tout ça.

Là-dessus, le carillon de l'entrée retentit. Je suis sur le point d'aller ouvrir, mais m'arrête brusquement en remarquant les traces de boue sur mon pantalon, témoins des frasques de Rimbaud dans le jardin. Agacée, je grimace. Voyant cela, ma mère me lance un regard compréhensif et se lève à ma place.

Elle revient quelques instants plus tard, flanquée d'Alban et de Corentin.

L'un comme l'autre sortent tout juste de l'école. La preuve en est que, les joues rosies par le froid et une mèche rebelle lui tombant sur le front, mon fiancé tient fermement sa précieuse mallette d'enseignant. Son neveu, toujours aussi sérieux pour son jeune âge, garde son cartable solidement arrimé à ses épaules.

Les retrouvailles débordent de chaleur et d'affection, ponctuées de petites attentions. Je veille à nettoyer les pattes boueuses de Rimbaud avant de le laisser courir vers les invités. Une fois Corentin et Alban attablés devant des chocolats au lait, mon père, avec sa verve habituelle, leur fait un compte-rendu des événements de la journée.

Il est encore en plein récit quand la sonnette retentit à nouveau. Cette fois, je m'empresse d'aller ouvrir la porte et tombe nez à nez avec Joseph. Ses traits sont tirés, marqués par la fatigue et la frustration.

— Ce fichu smartphone ne nous a donné aucune piste, peste-t-il. Les seules personnes que Kévin a appelées aujourd'hui sont le curé et vous, Jade.

Je lui sers un café pour le réconforter un peu, mais alors que tout le monde s'agite autour de cette nouvelle information, ma mère demeure impassible. Je ne l'avais jamais vue aussi pâle. Ses yeux semblent voir au-delà de nous, comme si elle se remémorait de lointains souvenirs.

— Maman ? Tout va bien ? m'inquiété-je, captant l'attention de tous.

Elle avale péniblement sa salive, son regard nous balayant tous. L'atmosphère est électrique. Et puis, d'une voix presque inaudible, elle murmure :

— Je crois savoir qui est le tueur.

— Croire n'est pas savoir, rétorque mon père.

— Non, en fait, j'en suis sûre.

Chapitre 26

Je nourris de sérieux doutes quant à l'idée de ma mère de réunir tous les suspects chez moi. Elle n'a pas voulu nous révéler l'identité du présumé meurtrier de Guézennec... si tant est qu'elle l'ait réellement découverte. C'est carrément culotté de sa part. Je pensais que Joseph se fâcherait. Mais quand elle a proposé de jouer la scène du dénouement à la façon d'Hercule Poirot, non seulement il s'est montré enthousiaste, mais son oncle s'est dit ravi d'y assister.

Qui aurait imaginé que le brigadier-chef satisferait les lubies de ma mère ? L'entreprise comporte tout de même une part non négligeable de danger. Une fois démasqué, le coupable pourrait, dans un accès de désespoir ou de rage, devenir menaçant. Les Jégou oncle et neveu ont beau arguer qu'ils seront là pour veiller au grain, je ne suis guère rassurée. Je comptais sur mon père pour les couper dans leur élan. Il n'a pas levé le petit doigt. Alban a également adhéré au projet. Auraient-ils tous perdu la raison ? Serais-je l'unique personne saine d'esprit ?

Toujours est-il que nous y voilà ! Il est vingt heures, et nous sommes rassemblés dans la majestueuse bibliothèque des Ibis. Les multiples appliques murales de cristal sont allumées. Leur douce lumière inonde de reflets mordorés les murs tapissés de livres, du sol au plafond. Or cette pièce aux dimensions impressionnantes s'élève jusqu'au toit de mon manoir, c'est dire combien les ouvrages sont nombreux. Une galerie située à mi-hauteur en fait le tour et permet l'accès aux rayonnages les plus hauts – pour peu que l'on accepte d'emprunter l'un des trois escaliers de bois en colimaçon, coulissant sur des rails ! Corentin s'est engagé à ne pas en bouger de toute la soirée ; c'est à cette seule condition qu'Alban l'a autorisé à participer à cette folle aventure. Il a aussi pour mission de garder Rimbaud auprès de lui et de prévenir tout écart de conduite canin.

Afin de créer une atmosphère conviviale, j'ai fait du feu dans la cheminée, et ma mère a dressé un buffet froid au fond de la salle. À ma grande surprise, chacune des personnes invitées à cette singulière réunion a répondu présente.

Pierre Mevel est arrivé en premier. Sa tenue d'un blanc immaculé lui confère une aura de sérénité qui est bien éloignée de celle que dégageraient un type louche et, a fortiori, un meurtrier. De surcroît, il bénéficie de l'estime de mon père – avec lequel il converse actuellement –, un honneur que mon géniteur n'accorde que très rarement. Ma mère le soupçonne-t-elle vraiment ?

Yvon Briand, qui a apporté les pizzas que nous lui avons commandées, n'a pas manqué l'occasion de combiner affaires et curiosité. Adossé à un escalier de bois en colimaçon, il parle peu, boit beaucoup et observe les allées et venues avec un calme déconcertant. Je ne parviens toujours pas à le cerner. Même si son accoutrement – veste bleu foncé soigneusement boutonnée, pantalon blanc et casquette de marin – lui donne l'air d'un honorable capitaine de navire, je reste méfiante. Car il est tout à fait possible qu'il ait souhaité éliminer Guézennec afin de préserver ses intérêts commerciaux. Mais serait-il allé jusqu'à agresser Kévin, avec qui il travaille fréquemment ?

Enveloppée dans ses châles tricotés, Mme Le Roux se distingue par sa frêle apparence et sa volubilité. Aurait-elle été de taille à terrasser un colosse tel que Guézennec ? Elle a eu la générosité de nous offrir des crêpes. Joseph a pu récupérer ses boutons d'uniforme et s'est vu gratifié d'une écharpe orange. « C'est pour Samhain prochain ! », lui a-t-elle dit. Pour l'heure, seule ma mère a osé l'approcher de près. Les autres convives craignent sans doute qu'elle ne leur fasse les poches.

Bien que le brocanteur ne figurait sur aucune liste, ni en tant que suspect ni comme invité, il s'est immiscé parmi nous, sous prétexte d'escorter Mme Guézennec. Depuis le temps qu'il rêvait de franchir les portes de mon manoir, le voilà désormais comblé ! Il paraît même avoir rajeuni de dix ans. À la manière d'un enfant dans une boutique de friandises, il virevolte d'étagère en étagère, feuilletant mes livres avec avidité. Jacques, le pharmacien, est venu avec lui. Je n'ai rien contre les gens qui tapent l'incruste, simplement, j'aimerais connaître ses motivations. Serait-il là en tant que membre des Crânes fendus ? Par ailleurs, n'est-il pas censé répéter pour le concert d'orgue à l'église de demain ?

Henri Prigent est également de la partie. Même si son alibi est irréfutable, nous avons tenu à le convier pour respecter le décorum requis par la cérémonie du dénouement. Il semble mal à l'aise et évite la compagnie d'autrui. La présence de sa maîtresse doit le perturber puisque leur liaison demeure un secret pour tous.

Alban est bien évidemment là, à mes côtés. Les Jégou, quant à eux, ont choisi la discrétion et restent à l'écart dans la cuisine. Ils attendent le moment opportun pour faire leur apparition, ayant planifié de se poster devant chacune des deux ouvertures de la bibliothèque lorsque le clou de la soirée approchera. Ainsi, ils s'assureront que le coupable ne puisse pas s'enfuir.

Curieusement, la nouvelle de l'agression du croque-mort ne s'est pas encore répandue, ce qui explique l'ambiance relativement détendue. Tandis que le buffet s'amenuise et que les conversations se tarissent, mon père et Alban agencent des sièges en arc de cercle au beau milieu de la pièce. Les extrayant du salon et de la cuisine, ils façonnent un espace scénique improvisé. Ma mère invite ensuite chacun de nous à s'asseoir, mais demeure debout. Dans sa petite robe noire à pois blancs des années 1950, elle évoque à mes yeux une présentatrice de télévision de l'ancien temps. Le parallèle est d'autant plus troublant qu'elle est sur le point de faire une révélation-choc qui ébranlera son auditoire. Je ne peux m'empêcher de sourire intérieurement, songeant qu'un micro et une mélodie dramatique d'arrière-plan ne feraient que parfaire cette mise en scène.

Avant même que les bavardages ne se soient complètement tus, elle déclare sans ambages :

— Je ne vous ai pas conviés ce soir pour une simple réception, mais bien pour élucider le meurtre de Stéphane Guézennec. Inutile de vous préciser que j'ai l'intention de révéler l'identité de son assassin… Un assassin qui se trouve parmi nous !

Son annonce fracassante provoque un mouvement d'indignation. Un mur de contestations se dresse devant elle. Yvon Briand va même jusqu'à se lever.

— Comment osez-vous m'inclure dans le lot des suspects ? gronde-t-il, brandissant le poing.

— Je suis innocente, s'insurge Mme Le Roux de sa voix nasillarde et fluette.

— Je n'aurais jamais porté la main sur mon mari, murmure la veuve de Guézennec, blanche comme un linge.

— Allons, Irène, ne jouez pas à la Agatha Christie avec nous ! s'exclame Pierre Mevel, un brin railleur.

— Et moi qui pensais que nous allions assister à un spectacle de magie ! ricane le pharmacien.

Alors que la situation menace de dégénérer, une silhouette imposante se dessine dans l'encadrement de la porte de gauche. Paul Jégou, dans son uniforme impeccable de brigadier-chef, se tient là, solide comme un roc et prêt à en découdre.

— Rasseyez-vous, Briand, ordonne-t-il, le monosourcil agité de soubresauts. Calmez-vous tous, et laissez Mme Beaumont parler.

Son autorité ne souffre aucun refus. Le silence s'abat sur la salle, soulignant le climat de tension qui y règne. On n'entend plus que la bûche crépiter dans l'âtre de la cheminée de marbre blanc. Après ce bref interlude, ma mère reprend la parole, captant l'attention de tous.

— Le mercredi 11 novembre, un marché forain avait lieu au village, remplissant les rues de joie et de chaleur. Et pourtant, pendant ce temps, un meurtre d'une noirceur absolue se commettait ici même, aux Ibis. Un homme, Stéphane Guézennec, était sauvagement frappé à la tête. Seul mon mari était au manoir ce jour-là. C'est lui qui a découvert le corps. Dans un geste irréfléchi, il a ramassé l'arme du crime – une splendide géode d'améthyste.

Mon père se racle la gorge, l'air mécontent et légèrement vexé. Sans prêter attention à sa réaction, ma mère poursuit :

— Une erreur, une simple erreur qui a suffi pour que la police le considère comme le principal suspect. Je n'ai pas souhaité être mêlée à cette affaire, mais les circonstances m'ont forcée à m'y intéresser.

Des sanglots étouffés se font entendre. Ils proviennent de Mme Guézennec. Les regards convergent vers elle. Sur les visages on peut lire une sincère compassion. Ma mère, toujours aussi maîtresse de ses émotions, marque une pause respectueuse avant de poursuivre :

— Je tiens à vous présenter mes condoléances les plus profondes, madame. Soyez assurée que cette tragédie ne demeurera pas impunie. Nous avons pu établir que votre mari avait été tué entre onze heures moins le quart et midi. Et…

Elle s'interrompt, accentuant le suspense, avant d'ajouter :

— Le coupable était affligé d'une toux persistante.

— Vous faites allusion à un reflux gastro-œsophagien, je présume ? interjecte Pierre Mevel, avec la confiance d'un homme habitué à étaler son érudition.

— Exactement, confirme ma mère.

— Je tiens à préciser que je n'ai jamais divulgué les noms de ceux qui achètent des IPP dans ma pharmacie, lance Jacques, soucieux de démontrer sa droiture. La confidentialité est la clé de voûte de mon métier.

— Il en est de même pour moi, rebondit le guérisseur.

Sans perdre son aplomb, ma mère acquiesce et réplique :

— Bien que ce détail médical soit pertinent, il n'a pas été au cœur de mes investigations. Je me suis davantage penchée sur la question du mobile. En effet, nombreux sont ceux qui avaient des raisons d'en vouloir à la victime. Aussi délicat soit-il de le mentionner devant vous, madame Guézennec, votre mari n'avait pas que des amis.

Elle balaie notre petite assemblée du regard. Nos yeux se rencontrent en plein, et je lui lance mentalement : « Alors comme ça, on prend toute la vedette ? » Pardon, mais j'ai tout de même contribué à l'avancée de l'enquête. Enfin, passons !

— En fait, parmi nous, combien peuvent prétendre avoir véritablement apprécié le défunt ? continue-t-elle. Mais avant d'aller plus loin, clarifions un point essentiel. Deux personnes ici présentes se sont déclarées coupables du meurtre : Mme Guézennec et M. Prigent, affirmant l'avoir perpétré aux alentours de dix heures du matin, ce fameux 11 novembre. La première avec un revolver, le second à coups de couteau. Or la réalité diffère grandement : Stéphane Guézennec a été assassiné entre onze heures moins le quart et midi, non avec une arme à feu ou un instrument contondant, mais avec une géode d'améthyste. Ces fausses accusations, ces horaires erronés m'ont éclairée sur un lien possible entre eux. Leur empressement à se désigner comme coupables, probablement pour protéger l'autre, suggère qu'ils étaient bien plus que de simples connaissances. Des amants, je suppose. Et cela pourrait bien constituer un mobile.

Ma mère poursuit, laissant à peine le temps à chacun de digérer ses dernières révélations. Son ton est incisif, chaque mot est délivré avec précision.

— Henri Prigent, attaque-t-elle, posant un regard acéré sur l'homme à la moustache soignée, modèle de tout Foisic. Ne serait-il pas envisageable que vous ayez désiré supprimer l'unique obstacle entre vous et l'amour véritable ? Le mariage, ce lien sacré, vous empêchait de vivre pleinement avec l'élue de votre cœur. Car pour Mme Guézennec, le divorce était impensable. Ses convictions religieuses rendaient votre relation encore plus difficile.

Un murmure parcourt l'assemblée. Depuis la galerie supérieure, Corentin, qui jusqu'alors s'était montré discret, pousse un hoquet, aussitôt relayé par un couinement de Rimbaud. Mme Guézennec se redresse, ses joues teintées du rouge de l'indignation.

— Henri n'aurait jamais commis un tel acte, scande-t-elle, les yeux étincelants de colère. C'est un homme droit et intègre. Il n'aurait pas tué mon mari, même pour que nous puissions être ensemble. N'est-ce pas, Henri ?

Mais le principal intéressé, lui, continue de se taire, la tête baissée, comme absorbé par une pensée lointaine ou un détail sur le sol. L'agitation grandit, chaque invité y allant de son commentaire. D'un geste apaisant mais autoritaire, ma mère lève la main pour réclamer le silence.

— Je vous prie de vous calmer, intervient-elle d'une voix douce.

Après une pause dramatique, elle ajoute :

— Je n'accuse en rien M. Prigent. Je suis même convaincue de son innocence. Il était chez Armelle Le Magorec pour des travaux de peinture ce matin-là. Certes, il s'est absenté brièvement vers dix heures, mais cela ne coïncidait pas avec l'heure du crime.

— Je vous l'avais bien dit, Henri n'est pas le coupable, tranche Mme Guézennec qui se rassied.

— Et il n'avait aucune raison d'agresser le croque-mort, renchérit ma mère.

— De quoi parlez-vous ? l'interrompt Yvon Briand. Qu'a-t-il bien pu arriver à mon livreur ?

— Je vois que vous n'êtes pas au courant. Apparemment, la nouvelle n'a pas encore circulé parmi vous : Kévin Robin a été assommé aujourd'hui, entre midi et quinze heures, alors qu'il nettoyait la chapelle ardente.

La révélation secoue la pièce telle une explosion. Des exclamations horrifiées, des cris de stupeur et même des aboiements éclatent de partout.

— C'est du délire ! réagit le marchand de pizzas.

— Quelle tragédie pour ce pauvre garçon ! murmure Mme Le Roux, s'emmitouflant davantage dans ses châles.

— Mais... vit-il encore ? demande Mme Guézennec, l'air effaré.

— Comment puis-je l'aider ? s'enquiert Pierre Mevel, le visage marqué par une profonde préoccupation.

Alors que la bibliothèque bourdonne comme une ruche, une voix puissante s'élève, dominant tout ce tumulte :

— SILENCE ! tonne le brigadier-chef, son monosourcil furieux assombrissant davantage ses yeux déjà enfoncés.

Tout le monde obtempère, quoiqu'à contrecœur. Les regards se fixent sur lui. Quant à moi, j'observe ma mère à la dérobée. Malgré tout ce remue-ménage, elle demeure stoïque. Je brûle d'impatience : quand se décidera-t-elle enfin à nommer le coupable ?

Chapitre 27

Il semblerait que la révélation tant attendue soit reportée aux calendes grecques ! En effet, le brigadier-chef se fait à nouveau entendre, repoussant le grand moment du dénouement :

— Kévin Robin se trouve à l'hôpital et demeure, pour l'heure, inconscient. Rassurez-vous, ses jours ne sont pas en danger. Les médecins sont optimistes quant à son rétablissement, mais ils ne peuvent pas prédire quand il se réveillera.

Des soupirs de soulagement emplissent la salle. Je suis néanmoins persuadée que l'un d'eux n'est pas sincère. Tôt ou tard, le croque-mort sortira du coma et parlera. Son assaillant sera démasqué. Je scrute notre petite assemblée. Parmi elle se cache un comédien de talent, car aucun visage ne trahit la moindre duplicité. Et si ma mère se trompait et que le coupable n'était pas ici ? Elle n'en affiche pas moins une confiance sans faille.

— Les événements de cet après-midi sont tragiques, mais ils nous apprennent une chose essentielle, annonce-t-elle. L'agresseur du croque-mort et le meurtrier de Guézennec ne sont qu'une seule et même personne. Kévin nous avait téléphoné ce midi. Il prétendait savoir qui était le coupable. Et voilà qu'il se retrouve hors de combat moins de trois heures plus tard… La coïncidence est trop frappante pour être fortuite.

Les invités échangent des regards chargés d'émotion. L'incrédulité, la peur et la méfiance se lisent sur toutes les figures. Mais toujours rien qui puisse m'aiguiller vers le coupable. Je jette un coup d'œil sur Alban, il paraît aussi désorienté que moi. Lorgnant du côté de mon père, j'aperçois son petit sourire en coin. Monsieur s'amuse, à ce que je vois. Ne comprend-il pas qu'il est dans de sales draps ? Il n'a toujours pas été innocenté, que je sache. Un peu de retenue, que diable !

— Quelle sorte de monstre pourrait commettre de tels actes ? chevrote Mme Le Roux.

— M. Robin a-t-il mentionné quelque chose avant…, murmure Mme Guézennec, laissant sa phrase en suspens.

— Il aurait dû se tourner vers la police plutôt que de vous contacter, intervient Pierre Mevel, pragmatique.

— Cela lui aurait épargné des ennuis, approuve le brocanteur.

— Pourquoi ne pas nous dire tout de suite qui est le coupable ? s'impatiente le pharmacien. Cela nous éviterait de perdre notre temps.

Quoique soumise à un feu roulant de questions, ma mère ne se laisse pas distraire.

— S'il vous plaît, restons concentrés, déclare-t-elle avec détermination. Revenons à nos suspects et à leurs motivations. Si l'innocence d'Henri Prigent est désormais établie, quid de vous, madame Guézennec ?

La veuve pâlit légèrement, surprise d'être ainsi mise en cause.

— Vous étiez prisonnière d'un mariage malheureux, poursuit ma mère d'une voix ferme. Votre foi vous interdit le divorce, n'est-ce pas ? N'aurait-il pas été tentant, dans de telles conditions, de… disons… forcer le destin ? Après tout, le décès de votre époux vous libère de vos vœux matrimoniaux et vous offre une seconde chance de bonheur. De plus, personne ne peut attester de vos mouvements le matin du 11 novembre.

Je retiens mon souffle, guettant la réaction de l'accusée. C'est donc elle que ma mère soupçonne ! Toutefois, Mme Guézennec ne se démonte pas, et ce, même si sa dignité a été sévèrement bafouée.

— Vous dépassez les bornes, madame Beaumont ! s'écrie-t-elle, les joues empourprées. Je suis une femme de foi. « Tu ne tueras point », c'est clair et non négociable. Si j'ai pu tolérer mon propre péché d'adultère, je n'aurais jamais eu le cœur de commettre un meurtre.

— Je vous crois sur parole, madame Guézennec. Cependant, qu'en est-il de Mme Le Roux ?

Là-dessus, ma mère braque un regard acéré sur la vieille dame.

— Parlons de cet incident au marché, dit-elle avec froideur. Guézennec vous a surprise en train de voler un fruit de son étal. Selon mes informations, il ne s'est pas contenté de vous réprimander verbalement : il s'est montré violent, n'est-ce pas, monsieur Rouillac ?

Tous les yeux se tournent vers le brocanteur qui, après une brève hésitation, opine du chef.

— Oui, c'est vrai. J'ai vu Guézennec perdre son sang-froid et lui tordre le poignet. C'était inacceptable. Mais de là à accuser Mme Le Roux d'avoir voulu se venger… Ce n'est pas une meurtrière.

— Exactement ! renchérit la vieille dame, à la fois furieuse et mortifiée. Je ne suis ni une tueuse ni une voleuse. Ces insinuations sont calomnieuses.

— C'est peut-être vrai, admet ma mère d'un air impassible. Mais cela ne change rien au fait que vous aviez un motif de rancœur envers Guézennec. Ajoutez à cela le flou autour de vos activités de la matinée du 11 novembre… Qui peut réellement savoir jusqu'où vous seriez allée, soit pour prendre votre revanche, soit pour sauvegarder votre réputation ?

— Voyons, vous délirez, là ! conteste le pharmacien, exaspéré. Vous devenez grotesque, madame Beaumont. Mme Le Roux ne ferait pas de mal à une mouche.

— Elle est d'une bonté sans égale, décrète Pierre Mevel.

— Voilà ! s'exclame la vieille dame, les joues en feu. Oh, j'aurais dû réfléchir à deux fois avant de vous offrir une écharpe ! Vous ne la méritez certainement pas.

Je ne peux m'empêcher de penser la même chose. Vraiment, suspecter cette pauvre femme, quelle idiotie ! Sans attendre que ma mère passe à la suite, Pierre Mevel la devance :

— J'imagine que je suis le prochain sur votre liste, Irène.

Son ton, quoique empreint d'ironie, trahit une légère irritation. Ma mère ne lui répond pas. Elle se borne à l'observer placidement. Son silence invite le guérisseur à poursuivre.

— Je ne vais pas le nier, Guézennec m'a vraiment contrarié en voulant nous priver des bienfaits de la source. Pensez-vous que cela soit une raison suffisante pour l'assassiner ? Vous oubliez un détail : j'ai une patience à toute épreuve. Tôt ou tard, la fontaine miraculeuse aurait été déclarée d'utilité publique. M. Thomas des Archives départementales du Finistère a d'ores et déjà appuyé ma demande. Il s'est engagé à fournir un avis favorable au commissaire-enquêteur chargé de conseiller le préfet sur le sujet.

Il s'arrête un instant, laissant ces mots imprégner les esprits.

— À terme, Guézennec n'aurait pas pu commercialiser l'eau de la source. Une fois l'acte déclaratif d'utilité publique approuvé, il aurait peut-être consenti à des concessions. Dans le cas contraire, les autorités l'auraient exproprié d'une partie de son terrain. Je n'avais aucune raison de m'en prendre à lui.

— Votre intelligence vous préserve de telles bassesses, ajoute mon père avec conviction.

— Laissez-moi deviner… C'est à mon tour maintenant, lance Yvon Briand, volontairement provocateur.

— Ce n'est pas moi qui vous contredirais, rétorque aussi sec ma mère.

— Je n'apprécie pas votre petit jeu, Irène, fulmine-t-il, bondissant de son siège. Pour qui vous prenez-vous à la fin ? Vous ne faites même pas partie de notre communauté.

— Mme Beaumont agit avec mon aval, la défend le brigadier-chef, toujours posté devant l'ouverture de gauche. Veuillez donc vous rasseoir, et laissez-la parler.

— Il y a eu un meurtre et une agression, monsieur Briand, rappelle ma mère. Soit deux victimes ! Mon objectif est simple : démasquer le coupable.

— Alors quoi ? Vous allez clamer haut et fort que c'est moi ? s'emporte le marchand de pizzas.

— Guézennec vous a soufflé votre emplacement au marché.

— Et après ? Vous irez m'accuser d'avoir assommé Kévin ? riposte-t-il. Sauf que je le considère comme mon fils. C'est un bon petit gars. Jamais je ne lui ferais de mal.

— Je suis de votre avis, monsieur Briand, acquiesce ma mère. Maintenant, si vous pouviez reprendre votre place, je vais dévoiler l'identité du véritable coupable.

À peine a-t-elle fini sa phrase que la vingtaine d'appliques murales éclairant la pièce s'éteignent. Un brouhaha étouffé s'élève, ponctué d'exclamations de surprise. Je ne suis guère étonnée : cela ressemble tellement à ma mère d'orchestrer une mise en scène pareille. Nous sommes désormais plongés dans une obscurité quasi totale, dans la mesure où le feu mourant de l'âtre n'émet qu'une vague lueur rougeâtre. Seule la faible lumière en provenance du couloir filtre, dessinant des halos rectangulaires au niveau des deux portes grandes ouvertes.

Dans l'ouverture de gauche, on distingue nettement la silhouette imposante du brigadier-chef qui barre le passage à tout éventuel fuyard. Obturant celle de droite, une tenture plastifiée retient mon attention. Elle n'y était pas quelques minutes plus tôt. Serait-ce l'œuvre discrète de Joseph ? Quoi qu'il en soit, ma mère ne m'en avait pas parlé, ce qui est de nature à me causer un sentiment d'angoisse. Mon pouls s'accélère, l'inconnu n'a jamais été mon fort.

— Mesdames et messieurs, voici le meurtrier, déclare solennellement ma mère.

Notre petite assemblée se tait. Tous les regards convergent vers la tenture, sur laquelle une ombre mouvante glisse mollement, s'y attache. D'abord vague et indistincte, elle semble se rapprocher, se colore jusqu'à prendre la forme d'un homme vêtu d'un haut rouge et d'un pantalon bleu. Un cri perçant déchire alors le silence, et je parierais que Mme Guézennec l'a poussé.

— Vous pensez qu'il y a quelqu'un derrière ce rideau ? interroge ma mère. Détrompez-vous ! Mais rassurez-vous, vous n'êtes pas les premiers à tomber dans le piège. Armelle Le Magorec a eu la même impression en regardant à travers les tentures de protection autour d'une chambre de sa maison. Elle a cru voir M. Prigent en plein travail. En vérité, il s'agissait seulement d'un tee-shirt rouge et d'un jean accrochés à un cintre et mis en mouvement par un ventilateur. L'illusion était parfaite, ce qui signifie que…

Elle ne réussit pas à conclure. Un bruit sec et désagréable retentit, semblable à celui d'une chaise renversée. Surgissant de l'obscurité, Henri Prigent se rue sur l'ouverture de droite et arrache la tenture en plastique d'un geste brusque. Derrière elle se dresse Joseph, tenant à bout de bras un cintre garni de vêtements. L'assaut le prend au dépourvu. Le cintre lui échappe des mains. Dans la mêlée, Henri bouscule violemment le policier qui s'effondre lourdement.

— Pétard ! Il m'a collé une beigne, se plaint ce dernier depuis le sol.

— Hors de mon chemin ! beugle son oncle, empêtré dans les plis de la tenture déchirée.

La situation devient chaotique : une course effrénée, le froissement du plastique, une porte qui claque, des invectives fusent, et Rimbaud se joint à la cacophonie en aboyant. Avant même que quiconque ait le temps de réagir, Henri Prigent s'évapore dans la nature.

Alors que les appliques murales se rallument, inondant la salle de lumière, un silence de mort plane sur notre petite assemblée. Ma mère, immobile, fixe intensément l'ouverture de droite, son visage demeurant étonnamment impassible. Nous autres, spectateurs de cette scène surréaliste, affichons toute une gamme d'émotions allant de la stupeur à la confusion, sans oublier l'effroi. Pour ma part, je suis littéralement sans voix devant une telle démonstration de rage.

Peu après, le brigadier-chef et son neveu nous rejoignent, manifestement chamboulés. Leur course-poursuite avec Henri Prigent a laissé des traces : teint échauffé, uniformes froissés, respiration haletante. Tous deux tentent, à leur manière, de cacher leur déconvenue. Tandis que Joseph garde une main sur sa joue tuméfiée, Paul Jégou évite ostensiblement les regards.

— Il nous a filé entre les doigts, marmonne-t-il.

Mais la plus à plaindre est sans conteste Mme Guézennec qui, les yeux mouillés de larmes, est au bord de la crise de nerfs. Sa voix, presque inarticulée, ressemble à un écho brisé.

— Non, il n'a pas pu faire ça… Pas Henri… Non, il n'a pas pu, répète-t-elle comme un disque rayé.

Chapitre 28

Dimanche 15 novembre.
Ciel d'azur. Pas l'ombre d'un nuage, mais une sacrée brochette de mouettes. Le vent ? En mode pause.
Les oiseaux gazouillent sur les arbres déplumés.
Les toutous profitent des réverbères en toute liberté.
Notre renard local poursuit sa carrière de brigand des jardins.
Et la fontaine miraculeuse dans tout ça ? Ses eaux n'en finissent pas de ravir les palais.
En résumé, c'est une belle journée d'automne comme on en raffole : paisible et idéale pour se la couler douce devant un feu de cheminée !
Croisons les doigts pour que rien ne vienne la gâcher.

Quel bonheur inouï de voir cette affaire résolue ! Mon père, plus que quiconque, flotte sur un petit nuage. Le voilà lavé de tout soupçon. La menace d'un procès ? Volatilisée ! Tout ça, on le doit à ma mère. Elle est ainsi devenue la coqueluche de Foisic. J'ai ouï dire que certains habitants songeaient à lui ériger une statue sur la place de la Mairie, pile-poil devant chez moi. Bon, d'accord, je force peut-être le trait, mais vu l'enthousiasme général, ce ne serait pas si surprenant.

Paniers garnis, tartes, quiches et autres douceurs affluent de nouveau au manoir en guise de remerciement. Nous ne risquons pas la disette, nos estomacs seront comblés pour un long moment.

Moi, Jade Beaumont, je suis fière d'être la fille de l'incarnation féminine d'Hercule Poirot ! Avec audace et une acuité hors du commun, ma mère a brillé là où la police a échoué. Elle n'avait, à proprement parler, aucune preuve tangible. Des soupçons, certes, mais l'alibi d'Henri Prigent les contredisait. Puis il y a eu ce bout d'écharpe rouge, aperçu dans le vestibule à travers la tenture de protection. Tout comme moi, ma mère a cru qu'il s'agissait du peintre en train d'œuvrer. Pourtant, là où je n'ai vu qu'un détail sans importance, elle a découvert une piste. Et elle s'y est accrochée ! Dans son esprit, tout devenait clair : Henri Prigent s'était joué d'Armelle Le Magorec. Contrairement à ce qu'il avait prétendu, il n'avait point consacré la fin de la matinée du 11 novembre à peindre chez elle. Il avait menti. C'était donc lui, le coupable. Mais sans l'astucieux piège tendu par ma mère, il n'aurait jamais été démasqué. Ledit guet-apens a fonctionné. Henri a paniqué, se trahissant lui-même.

Les Jégou, quant à eux, semblent profondément affectés par l'issue de l'enquête. Ils privilégient désormais les couloirs sombres du commissariat à la lumière extérieure. Quand ils daignent sortir, ils ont cette démarche précipitée de ceux qui veulent passer inaperçus. Ils sont devenus la risée du village, et j'ai l'impression qu'ils nous maudissent, ma mère et moi, nous tenant pour responsables de leur infortune. Il est évident qu'ils n'apprécient pas d'avoir été relégués au second plan lors de la cérémonie du dénouement. Mais en fin de compte, n'est-ce pas eux qui ont laissé Henri s'échapper ?

La matinée s'étire paisiblement. Le soleil, généreux même en cette saison, illumine Foisic de ses rayons obliques. C'est marée basse. Mon père, Alban et Corentin ont décidé d'emmener Rimbaud en balade sur la plage. Qui aurait cru que mon père et mon fiancé fraterniseraient aussi rapidement ? Il faut bien admettre qu'Alban n'est pas quelqu'un de compliqué. Bien sûr, il est différent – son syndrome d'Asperger le rend unique en son genre –, mais il possède une sincérité et une simplicité qui désarment. La complicité qui s'est créée entre mon père et lui en témoigne.

Pendant ce temps, ma mère et moi recevons Lucien et Étienne Prigent. Ils ont frappé à ma porte il y a quelques minutes. Permettez-moi de vous dire que je ne comprends pas le but de leur visite. Je les ai laissés entrer. Je n'allais pas les envoyer promener sous prétexte que leur cousin est un fieffé coquin.

Nous nous sommes installés dans la cuisine, leur endroit préféré au manoir. Grands, filiformes et toujours aussi affamés : de véritables estomacs sur pattes ! Il faut les voir dévorer. Le spectacle vaut le détour.

— C'est vous qui avez préparé ce délicieux quatre-quarts aux fruits confits ? s'enquiert Étienne, la bouche encore pleine.

— Il est sacrément goûtu, rebondit Lucien qui se sert une nouvelle part.

— Je vous crois sur parole, messieurs, dans la mesure où il n'en restera bientôt que des miettes, persifle ma mère tandis que le gâteau n'en finit pas de rapetisser. C'est un cadeau d'Armelle Le Magorec.

— La pauvre ! souffle Étienne. Comme je la plains ! Elle est pas près de voir sa maison repeinte.

— Il est parti comme un voleur, le Henri, poursuit son frère puîné.

— Tu veux plutôt dire comme un meurtrier…

— Quelle raclure de bidet ! Nous faire ça, à nous…

— Fais un peu attention à ton langage, Lucien, on est devant des dames de Paris, elles ont les oreilles sensibles…

— N'empêche que ça fait honte à la famille…

— C'est pas faux. Sans parler des dégâts collatéraux, comme ils disent dans les films : maman arrête pas de pleurer. Notre sœur a peur de ne plus avoir de clients au bar…

— Papa dit que s'il retrouve cette face de crêpe, il lui tordra le cou…

— Ben là ! Je te signale que t'as toi aussi dit un gros mot, Étienne…

— Toutes mes excuses, mesdames, je retire « face de crêpe »… Mais c'est quand même embêtant de pas pouvoir s'exprimer librement. Faudra vous endurcir, si vous voulez rester à Foisic.

— Bah ! Tant que vous n'employez pas des termes tels que nodocéphale, orchidoclaste ou coprolithe, tout me convient parfaitement, rétorque ma mère avec un mélange de nonchalance et d'ironie.

— Ça tombe bien, on les connaît pas, pas vrai, Lucien ?

— Au fait, comment se portent vos affaires ? m'immiscé-je.

— Plutôt bien. Les gens, ils continuent de fréquenter notre salle pour avoir de beaux muscles, me répond Étienne.

Alors que les deux frères s'interrompent pour s'essuyer la bouche, je remarque leurs visages glabres.

— Vous avez rasé vos moustaches ? m'étonné-je, réprimant à grand-peine un sourire.

— Il le fallait bien. On voulait pas ressembler à un criminel, réplique Lucien.

— Il nous a fait un sale coup, le Henri, bougonne l'aîné. Et maintenant, on doit jongler entre l'entreprise de peinture et la salle de sport.

— Ça va être un sacré boulot, soupire le cadet, l'air un tantinet chagriné.

Ma mère, l'œil pétillant de malice, ne peut s'empêcher de les taquiner :

— Ce doit être cette polyvalence parisienne qui vous fait défaut.

— S'il n'y avait que ça ! ronchonne Étienne. Nos maux de gorge vont reprendre.

— Faudra pas s'étonner si on passe notre temps à tousser.

— Votre cousin ne semblait pas particulièrement gêné par les odeurs de peinture, note ma mère.

Tandis qu'elle formule cette remarque, mes pensées dérivent vers la théorie erronée de Pierre Mevel. Le guérisseur avait supposé que le meurtrier de Guézennec souffrait de reflux gastro-œsophagien. Personnellement, je pencherais plutôt pour une allergie aux solvants.

— Si le Henri avait un secret, il s'est bien gardé de nous le donner, réplique Lucien.

Voyant que les assiettes et les verres se vident, je me dis qu'il serait dommage de laisser mes invités partir sans leur parler de mon parquet poncé à nu dans l'entrée.

— J'ai un petit souci avec un travail que votre cousin n'a pas terminé, commencé-je.

— On a remarqué ça, acquiesce Étienne. Votre parquet a pas été verni.

— C'est nous qui prendrons le relais, décrète Lucien.

— Et on vous fera gratis.

Après m'avoir promis de revenir lundi pour s'acquitter de cette tâche, les frères Prigent prennent congé. Ma mère s'attelle aussitôt à nettoyer les vestiges de leur passage gourmand et aère la pièce. De mon côté, je m'éclipse dans le cellier attenant. C'est un petit espace où sont entreposées les provisions de bouche. On y trouve également divers ustensiles de ménage, ainsi qu'un lave-linge. Je m'affaire à trier les vêtements sales, afin de préparer une lessive, quand une voix grave provenant d'à côté s'élève et déclenche une alarme dans mon cerveau :

— Vous ne l'emporterez pas au paradis, madame Beaumont, menace son propriétaire.

Henri Prigent ! Mon sang se glace tout d'un coup. Comment est-il entré ? J'entends des murmures étouffés, le bruit de pas sur le carrelage. Je suppose qu'il est passé par l'arrière du jardin et a emprunté la porte-fenêtre que ma mère avait ouverte. La porte du cellier est entrebâillée, me laissant entrevoir une infime partie de la cuisine.

— Vous avez détruit ma vie, ruiné mon amour avec Lucie, lance Henri, plein de rage.

— C'est donc ainsi que se prénomme Mme Guézennec, lui répond ma mère avec une voix posée.

Malgré la peur qui me tenaille, je me rapproche de la porte. Le moindre bruit pourrait trahir ma présence, aussi avancé-je sur la pointe des pieds. Je tente de capter le maximum de la scène à travers la mince fente, mais n'aperçois que la table sur laquelle ma mère a abandonné son éponge.

— Vous devez être épuisé, Henri, après toutes ces heures à fuir. Pourquoi ne vous accordez-vous pas une pause ? Je viens de préparer du café.

Pas de réponse. Silence de plomb. Le temps semble s'arrêter. Je perçois juste une respiration saccadée. Celle d'Henri ? Une tension insoutenable électrise l'air.

— Je n'ai pas l'intention de m'attarder ici, madame. Je vous tue, et ensuite on ne me reverra plus jamais.

— Allons, allons, que de précipitation ! Vous pourriez au moins prendre un moment pour vous restaurer. Que diriez-vous de goûter à ces délicieuses pâtisseries faites maison ? Vos cousins les ont adorées. Et puis, ce serait dommage de ne pas les essayer avant de faire votre sale besogne. Car vous avouerez qu'il y a plus amusant dans la vie que de trucider les gens. Tenez, regardez cette succulente charlotte aux poires ! Ce far breton aux pruneaux ne demande qu'à être dévoré. Résisterez-vous à ce fondant au chocolat ?

La voix de ma mère tremble légèrement. Toutefois, elle est déterminée à gagner du temps. Mon cœur bat à tout rompre, y réussira-t-elle ? Et qui viendra la sauver ? Il n'est que onze heures. Mon père, Alban et Corentin ne rentreront pas avant midi. Si seulement j'avais mon smartphone sur moi, j'appellerais à l'aide. Hélas, je l'ai laissé à charger dans ma chambre.

— Très bien. Mais cela ne changera rien à votre sort, tranche Henri.

Une chaise grince sur le sol, puis je le vois qui s'assied, dos à moi. Un mètre, peut-être moins, nous sépare. Pourquoi n'ai-je pas suivi les cours de Krav Maga que proposait l'université de Sheffield ? Si je l'avais fait, je saurais me battre et n'aurais aucun mal à neutraliser ce monstre. Mais il y a ce revolver qu'il brandit, et je devine qu'il le braque sur ma mère.

Des claquements de mâchoires, des bruits de vaisselles remuées me parviennent aux oreilles. Tant qu'Henri n'aura pas fini de manger, ma mère ne risquera rien. Mais après ? Il se croit seul avec elle. Ne devrais-je pas profiter de cette aubaine ? Saisir ma chance… Agir… Tout plutôt que de rester paralysée par la panique.

Mon regard se porte sur le fer à repasser posé sur une étagère, et une idée germe dans mon cerveau. Je m'en empare, sentant son poids conséquent, sa froideur implacable. Lourd, comme la responsabilité qui m'incombe. Froid, comme la mort.

Je prends une grande inspiration, me préparant mentalement à l'attaque. Et si la porte grinçait en s'ouvrant… Et si ma mère, en me voyant surgir du cellier, attirait l'attention sur moi… Et si je n'étais pas assez rapide, et qu'Henri tirait… Et si, et si, et si… Toutes ces pensées négatives tourbillonnent dans ma tête, mais je sais maintenant ce que je dois faire.

L'heure n'est plus à la réflexion. Je n'ai pas d'autre choix que de commettre l'irréparable. La vie de ma mère en dépend. Sans plus aucune hésitation, je me rue sur Henri et, de toutes mes forces, le frappe à l'arrière du crâne avec le fer à repasser. Poussant un râle, il s'effondre lourdement sur le sol pour ne plus en bouger.

Avec une vivacité que je n'aurais jamais soupçonnée, ma mère se précipite sur le revolver et l'arrache de la main maintenant inerte de notre assaillant. Ses yeux assombris se relèvent pour croiser les miens, je perçois une lueur de fierté. Puis elle fouille les poches de son tablier, trouve son smartphone et compose le numéro de la police. Ses paroles sont concises, son ton ferme. En quelques mots, elle explique la situation.

— Nous avons eu chaud, me dit-elle après avoir raccroché.

Sa main me presse tendrement l'épaule, comme pour me rassurer.

— Tu crois… qu'il est mort ? demandé-je, hébétée.

Les images du jour où j'étais piégée dans la tour crénelée du manoir d'Alban ressurgissent avec une violence inattendue. Je me revois luttant contre un dangereux meurtrier bien décidé à m'éliminer. Si notre affrontement n'avait pas conduit à sa chute fatale, je ne serais pas là pour m'en souvenir. Même si c'était de la légitime défense, sa mort pèse comme un cauchemar sur mon esprit. Je ne veux pas d'un autre fardeau sur la conscience.

Ma mère s'approche d'Henri et s'agenouille prudemment à ses côtés.

Posant deux doigts sur son cou, elle cherche un pouls. Après ce qui me semble une éternité, elle se redresse. Je la regarde, malade d'inquiétude.

— Je… je l'ai assassiné ? demandé-je.

Elle secoue la tête, les yeux fixés sur le corps étendu au sol.

— Non, ma chérie. Il vivra. Mais la suite ne nous concerne pas. C'est au tour de la justice de s'occuper de lui.

Chapitre 29

Samedi 21 novembre.
Temps exécrable. Il pleut à n'en plus finir, comme si la mer et les cieux s'étaient donné rendez-vous à Foisic.
Avec le départ de mes parents, j'ai retrouvé mon quotidien paisible : mes tournées de factrice, mes séances de sport à la salle, mes commissions à la halle, mes soirées au coin du feu en compagnie de Rimbaud.
Mais bon sang, où sont donc passés mes amis ? Je suppose que Véronique doit être débordée avec ses jumeaux, et Alban accaparé par ses élèves.
Autre source de contrariété : mon parquet n'a toujours pas été ciré. Que font les frères Prigent ?

J'avais prévu une journée tranquille, consacrée au ménage et à la lessive. C'était compter sans la visite impromptue d'un Joseph, dégoulinant de pluie, en tout début d'après-midi. Comme bon nombre de villageois, il a renoncé à sa moustache, certainement pour éloigner toute ressemblance avec un criminel de notre connaissance. Et la joue qu'Henri avait frappée a recouvré une teinte normale.

— Un thé et des gaufrettes à la vanille, ça vous irait ? lui demandé-je tandis que nous nous installons dans ma cuisine.

Flairant une opportunité de grignotage, Rimbaud se cale sagement à nos pieds, le museau en alerte.

— Avec votre mère, les goûters étaient plus généreux, ma vieille, se plaint Joseph tout en tapotant la tête de mon chien. Brave toutou ! Toi au moins, tu me comprends.

— Sinon, je peux aussi bien vous servir de l'eau de la source. Il paraît qu'elle rend les gens aimables.

— Très drôle ! C'est bon, je me contenterai de vos biscuits rassis. Quoi de neuf par chez vous ?

— N'est-ce pas plutôt à vous de me parler des derniers rebondissements de l'affaire Guézennec ? protesté-je.

— Si vous insistez… Henri Prigent, après un bref séjour à l'hôpital, notamment dans une chambre voisine de celle du croque-mort, attend son jugement en cellule. Vous ne l'avez pas loupé, en tout cas. Il avait une sacrée bosse sur la tête.

— Sait-on comment il a découvert que Kévin connaissait l'assassin ?

— Selon ses dires, il aurait surpris votre conversation pendant sa pause déjeuner, depuis le vestibule de votre manoir, répond Joseph.

— Et pour ce qui est de Guézennec… Qu'est-ce qui l'a poussé à venir se faire trucider chez moi ?

— Ah ça ! C'est un mystère qu'il a emporté dans sa tombe. D'ailleurs, devinez qui est de retour à Foisic : Kévin Robin. Ah, j'allais oublier… Vous êtes conviée à mon mariage avec Véronique.

Je renverse presque ma tasse, surprise par cette révélation.

— Si vite ? Quand aura lieu la cérémonie ?

— À Noël. Vos parents, Alban et le clébard sont également invités, m'annonce-t-il avec un air désinvolte.

— Et comment les jumeaux ont-ils accueilli la nouvelle ? m'inquiété-je.

— Très bien, me répond Joseph avec un haussement d'épaules.

Il termine rapidement son thé, attrape quelques gaufrettes et s'éclipse, me laissant seule, l'esprit en ébullition. Rimbaud, lui, profite de l'occasion pour chaparder des miettes sur la chaise désertée.

J'aurais pu rester là, abasourdie, à contempler ma bague de fiançailles, me demandant si j'avais raté un épisode. Dans l'ordre des choses, Alban et moi devrions nous unir avant Joseph et Véronique. Mais le tintement du carillon de l'entrée m'arrache à mes pensées. Cette fois-ci, c'est Véronique, flanquée de ses deux terreurs de fils, qui débarquent chez moi. En une fraction de seconde, Rimbaud détale et se réfugie dans ma chambre. Il n'aime pas se faire traiter de saucisson sur pattes ni servir de poney. Les jumeaux l'auraient bien suivi à l'étage. Fort heureusement, leur mère le leur interdit. Après avoir ôté imperméables trempés et chaussures boueuses, ils se rabattent sur la barre de gouvernail de mon salon. Tandis que Véronique et moi nous installons dans la cuisine, je les entends qui la manœuvrent avec vigueur. Espérons qu'ils ne la cassent pas. Corentin n'apprécierait pas.

— Jade, commence mon amie, une fois que je lui ai servi à boire. Je sais que c'est soudain, et que tout s'enchaîne à une vitesse folle…

— Joseph m'a déjà appris la nouvelle. Toutes mes félicitations !

Elle rit doucement, ses joues se colorant en rose.

— Merci. Et justement, j'aimerais… enfin, je souhaiterais que tu sois ma demoiselle d'honneur. Je suis consciente que je te prends un peu de court, mais qui d'autre que toi pour être à mes côtés lors de cette journée spéciale ?

Émue, je me lève pour la serrer dans mes bras.

— J'en serais réellement ravie. Et avec les jumeaux pour témoins, ce serait un mariage mémorable, c'est certain !

— Tu peux le dire ! rigole-t-elle tout en jetant un coup d'œil aux deux garnements qui viennent de nous rejoindre dans la cuisine.

— On s'ennuie, lâche le premier.

— Pourquoi le saucisson sur pattes, il veut pas jouer avec nous ? demande le second.

— Je crois bien qu'on va devoir lever le camp, en conclut Véronique. Jade, je te tiens au courant très vite pour les préparatifs.

Eh bien ! Je sens que les prochaines semaines ne seront pas de tout repos.

Chapitre 30

La porte d'entrée vient à peine de se refermer sur Véronique et ses jumeaux que la sonnette retentit de nouveau. J'ouvre à un Corentin, tout ruisselant de pluie.

— Bonjour, Jade, me salue-t-il avec entrain. Nous t'avons apporté un gâteau breton que mamie Sylvie a préparé.

Juste derrière lui, abrité sous un grand parapluie, Alban me présente un sac en plastique.

— C'est pour le goûter, annonce-t-il avec un sourire qui se veut radieux.

C'est bizarre, mais moi, je n'ai pas très envie de lui rendre son sourire. La nouvelle des noces de Véronique me reste encore en travers de la gorge. Ce n'est pas que je sois jalouse, je suis sincèrement heureuse pour elle. Mais je me rends compte qu'avec cette histoire Guézennec, le dîner censé officialiser mes fiançailles n'a jamais eu lieu. La situation était trop chaotique pour envisager une date de mariage.

— On peut entrer ? me demande Corentin, m'arrachant à ces mauvaises pensées. Oh, voilà Rimbaud !

Mon chien, qui était resté caché jusque-là, déboule dans le vestibule en jappant de joie. L'accueil enthousiaste qu'il offre au jeune garçon contraste fortement avec le mien pour Alban.

— Tu m'as tellement manqué, lui chuchote-t-il.

Après avoir soigneusement essuyé ses pieds sur le paillasson et accroché son imperméable au portemanteau, Corentin prend Rimbaud dans ses bras et se dirige vers le salon.

— Il fait vraiment mauvais dehors, constate Alban, toujours sur le seuil.

— Ah bon ? Je n'avais pas remarqué, rétorqué-je, feignant l'indifférence.

— Le gâteau risque de s'abîmer.

Légèrement agacée, je tourne les talons et retourne dans la cuisine.

— Tu sembles contrariée, hasarde Alban qui me suit. Aurais-tu… tes… règles ?

— Véronique et Joseph se marient à Noël, lui dis-je tout à trac.

— C'est une excellente nouvelle !

— Ils sont ensemble depuis seulement quelques jours.

— C'est ce qu'on appelle la magie de l'amour, me répond-il tout en sortant le gâteau du sac pour le déposer sur la table.

— Et toi, tu comptes m'épouser à la Saint-Glinglin ou bien lors de la Trinité ?

Relevant la tête, il me dévisage. Ses yeux emplis d'une belle lumière émeraude rayonnent de douceur. J'ai honte de l'avouer, mais je sens toutes mes rancœurs fondre comme neige au soleil.

— Et si on fixait ça pour l'été prochain, à la fin de l'année scolaire ? Cela conviendrait-il à mademoiselle l'impatiente ? me demande-t-il avec malice.

Riant de sa répartie, je ne peux m'empêcher de penser à tout ce que l'avenir nous réserve. Amour, bonheur, enfants... Toutefois, une préoccupation plus immédiate vient gâter ma joie. Après avoir jeté un coup d'œil vers le salon pour m'assurer que Rimbaud et Corentin sont toujours absorbés dans leurs jeux, je me rapproche d'Alban et murmure :

— Qu'as-tu fait du plan des souterrains de Foisic ? Il serait bon pour moi de savoir qui sont les deux Crânes fendus mystérieux, histoire d'éviter toute confrontation avec eux !

Le sourire qui errait sur ses lèvres s'efface, et le vert de ses iris s'assombrit.

— Je l'ai mis en lieu sûr. Et crois-moi, il vaut mieux pour tout le monde que personne ne découvre jamais de qui il s'agit. Certains secrets doivent rester enfouis.

Je hoche la tête, un mélange de frustration et d'acceptation se disputant en moi. Si Alban a fait ce choix, c'est certainement pour une bonne raison.

FIN

« Toute représentation ou reproduction intégrale, ou partielle, faite sans le consentement de l'auteur ou de ses ayants droit ou ayants cause, est illicite (alinéa 1er de l'article L. 122-4). Cette représentation ou reproduction, par quelque procédé que ce soit, constituerait donc une contrefaçon sanctionnée par les articles 425 et suivants du Code pénal. »